すべての
瞬間が
君だった
모든 순간이 너였다

きらきら
輝いていた
僕たちの
時間

ハ・テワン
하태완

呉 永雅 訳

マガジンハウス

3

疲れた1日の終わりに
温かいねぎらいの言葉が
必要なきみに

4

さよなら　ぼくのすべての瞬間
人に、恋に、傷ついたきみに

すべての瞬間には、
どれくらいたくさんの
感情があるのだろう？

모든 순간에는 얼마만큼의 감정이 있을까

瞬間というのは、そのせつなにわき起こるさまざまな感情で成り立っ
ています。
記憶の中の瞬間ひとつひとつに、さまざまな人物や感情が思い浮かぶ
でしょう。
ぼくたちはそうやっていくつもの数えきれないほどの瞬間をつくりな
がら生きていく、といってもいいと思います。
その中でもとくに、愛にまつわる瞬間は鮮明に記憶に残ります。誰か
を愛した瞬間、胸を痛めながら別れた瞬間、そうやって別れた誰かを
恋しく思う瞬間などがその代表です。
ときに、ひとつの感情に圧倒され、あらゆる瞬間や感情がおおいつく
されることもあります。かつては、この世のすべてと引き換えにしても
いいくらい愛していた人への思いや、いくつもの季節を一緒に過ごし
ている大切な恋人との瞬間は、まさに生きた感情として残り続けます。
みなさんにも、他の時間がどうでもよくなるくらいの、特別な「すべ
ての瞬間」があるのではないでしょうか？ もしそうだとしたら、その
すべての瞬間には、どれくらい大きな感情が存在しているでしょうか。

あなたが、つらいこともあったけれど幸せだった瞬間を忘れようと必
死なのか、でなければ、いつまでも心の中に留めておきたいと願って
いるのかはぼくにはわかりません。人それぞれ、過去の記憶を思い出
に変える方法や基準は違うものです。でも、もしあなたにそういう瞬
間があるのなら、それだけで人生は十分に輝いているのです。
みなさんが、ぼくと同じような気持ちで本書を読んでくださるといい
なと思っています。ぼくが自分だけの瞬間を思いながら書いたように、
みなさんが自分だけのすべての瞬間だった人を思い浮かべながら読ん
でくれたらうれしく思います。

現在進行形の恋でなくてもかまいません。たとえ別れた相手であったとしても、過去や現在、それから未来のすべての瞬間までもを包み込むことだってできるのですから。
世の中の人間関係は、友人や恋人といったひとつの単語では簡単に説明できないものが大半です。その中には、別れたけれど今も変わらず愛情を持ち続けている関係のように、言葉では説明がつかないことだってたくさんあります。

　　　　　　　　　どうか本書が
　　　そうしたこの世のあらゆる感情や人間関係に
　　　　静かに寄り添えたら──と願っています。

ときに、愛らしく。ときに、痛いくらい切実に。
ときに、打ちのめされるほどの孤独の中で。

そうして、ぼくたちは生き続けていきます。

　　　　　　　　　　　　桜の花が舞い散るのを恋しく思いながら。
　　　　　　　　　　　　벚꽃의 흩날림을 그리워하고 기다리며
　　　　　　　　　　　　ハ・テワン
　　　　　　　　　　　　하태완 드림

考えすぎて眠れぬ夜を過ごしているきみに

心配ごとは
しばし
忘れて

1

すべての瞬間が
きみそのものだったってことを

ぼくはきみに幸せでいてほしいし
あまり涙を流してほしくないし

適度にゆとりをもっていてほしいし
幸せな恋をしていてほしいし

これ以上つらい思いをしてほしくない。

今までのすべての瞬間が
きみそのものだったってことを
絶対に忘れないでいてほしい。

きみは、その一瞬一瞬に
自分でも知らぬまに強くなった
幸せになる準備が
ちゃんとできている人なんだから。

ささやかな
ゆとりをきみに

歩幅が思いのほか広くなった。
暮れゆく夕陽に未練を抱かぬすべを知り
バスの窓越しに休むまもなく通りすぎる緑に
深く息を吸っては吐いた。
平凡な日常に、ささやかなゆとりをもつだけで
毎日がとてもうるおうような気がしてくる。

ぼんやりした期待に
あてどもなくときめいて
ぼくのそばにいてくれる人たちに
あらためて深い感謝を抱かせてくれる。

だからぼくらは
旅に出るのかもしれない。

足を踏み入れたこともなかった地のアスファルトは
独特の寂寥感より
まるで敷きつめた芝生の上に横たわったような
安らぎを感じさせてくれるから。
手の届かないものだと思いつつ
やっとのことでつくり出したゆとりは
ふらりと出かけた旅先で、ようやくその光を発揮することもある。

もしかしたら旅で
やっと素直に自分を
見つめられるようになるのかもしれない。

だから、ぼくらはまぶしいからといって怖がって
目を閉じてしまってはいけないんだ。
降り注いでいた日差しが動いたら
不思議な広々とした景色に
きっとほほ笑むに違いないんだから。

ぼくらの旅は
そのときから始まるのかもしれない。

それで
よかったんです

その選択を悔やまないでください。

あのときは、それが
あなたの最善で
最高の選択だったのですから。

それでよかったんです、あなたのしたことは。

自分を心から
好きになる方法

今、きみを苦しめていることに
あまり執着しないでほしい。

心から思っているわけじゃない言葉を
むやみに口にしないでほしい。

自分の真価をわかってくれる人たちに
たくさんの感謝を伝えてほしい。

それが、自分を心から愛する方法だよ。

1人が
楽なふり

いつもそうだった。

ぼくは融通_{ゆうずう}がきいて話もうまいし、自分より他人を優先するし
ときどきすごく個人主義で
ほんとうにときどき自分勝手なところがあるけれど
誰かの心を簡単にナイフで傷つけるような人じゃない。
おかげで多くの人が最初は笑顔で接してくれる。
本当にいい人だと褒_ほめてもくれる。
ぼくは褒められるのがうれしくて
そのたびにもっといい人になろうとがんばる。

でも、そこまで。

胸の奥深くで数十、数百回と揺れ動くなにかを我慢しながら
ぼくがなだめてきた他人の感情の起伏。
そういう感情の起伏は、ぼくにだって当然ある。

重たい憂うつといつもの明るさの過剰なくり返し。
誰かの傷を抱きしめてあげているとばかり思っていたけれど
肝心の自分の痛みをなぐさめてもらう方法を知らなかった。

そんなぼくの愚かで大人げない姿に
最初からぼくのやさしさ目当てで近づいてきていた人たちは
すぐに背を向けてしまう。
だから、自分には生きてきた時間に比べると
そばにいてくれる人たちがあまりに少ない。
もしかしたら、今この瞬間も信頼する人の心から
ぼくがいなくなって、ずいぶんたっているのかもしれない。

　　　　　　　　　　　　　　１人でいるほうが楽なふりを
　　　　　　　　　この世で一番上手にできていると思っていた。
　　　　　　　　　　　　だから、ぼくはいつもそうしてきた。

癖みたいに、まるで義務みたいに、そうやって人を失ってきた。
でも、もうこれ以上同じ失敗はくり返さない。
逃してはならない人が誰なのか、どう愛すべきなのか
今はなんとなくわかる気がするから。

きっといい人に
出会えるはず

人間関係に悩み
傷つかなくていい。

自分から近づいていかなくていい。
きみのことを大好きでたまらないと言ってくれる人と
つき合いなさい。

連絡をくれないからと言い争わなくていい人とつき合いなさい。
きみのどんなささやかなことも
先に気がついてくれる人とつき合いなさい。

傷つけるような言葉を軽々しく口にするような人のせいで
無駄に傷ついたりせず
きみにだけはなにがあっても誠実な
そんな人とつき合いなさい。

.

きみだけのための人がきっと現れるから
無駄に孤独にさいなまれて
こっちの人あっちの人、誰とでもつき合ったりするんじゃない。

「さびしさ」を「愛」とはき違えて
誰にでも心を開くんじゃない。

　　　　　　　　　　　　　きみは
　　　　　　　　愛される資格が十分すぎるどころか
　　　　　　　　　　あふれている人なのだから。

すべて
うまくいくよ

きみはきみなりにベストをつくして
任された仕事を一生懸命やっているだけなのに

大変なことばかり起きるのは
どれもみんな

あとになってきみにいいことが起こるため
もっともっと幸せになるためなんだよ。

大丈夫、かならず、すべてうまくいくから。

ぼくらはただ深まった季節にゆったりと包まれて
やるせなさやどうすることもできなかった沈黙を
きれいに並べてみるんだ。

　　　　そして、これからやってくるいいことだけを
　　　　　　そっと数えてみるのさ。

ささやかな喜びが集まってもっと大きな幸せになるように……
ぼくらができる最善をつくして。

会いたい

会いたい。

ちょっと離れているだけなのに

すぐに切なくなる

ぼくの人。

誰かを愛する
ということ

ぼくさ
あんなに忌み嫌ってた「最近」が好きになってきたんだ最近。

誰もが眠りについた真夜中
夜風が入ってくるように開け放っておいた窓にも
よく眠れるようにとかけておいた音楽にも
眠ってからもぼくの世界を埋めつくし
夢の中までも満たすきみの香りがとても気に入っているせいで。
だから、やっと今は幸せだって喜べる毎日を生きているってこと。

　　　　　　　　そしてこのすべては
　　　「きみによって」という言葉で始まって
　　　　　はじめて完成する文章なんだ。

誰かを愛するということ、誰かの愛する人になるということが
こんなにも夢みたいな気分にさせてくれるって
もう少し早くわかっていたらよかったのに。
もちろん、この幸せな時間の対象はいつだって
きみでなくてはならないんだけど。

こんなに空気が澄んでいる深夜は久しぶりだよ。
真夜中の匂いが好きだと言うぼくの言葉に
わたしも真夜中の匂いが好きだとうれしそうに話していたきみが
愛しくなる時間でもある。
最近のぼくは天文学者にでもなったみたいに
この時間帯の星を見上げるのが好きになった。
なぜかはわからないけど、ただ
ほんとに「ただ」きれいなものや
キラキラするものを探すようになったんだ。
もしかしたらずいぶんごちゃごちゃになっていたぼくが
きみによって澄みわたった人になる過程なのかな、と思ったり
まるで習慣のごとくそういうものを探してばかりいる。
自分でも知らないうちにね。

今日もきっとぼくの真夜中を包み込んでくれるにちがいない
きみに感謝を。
その感謝の中で笑ってるきみは本当にきれいだ。
この真夜中はピアノだって上手に演奏できるんじゃないかと思う。
春の気配を漂わせたメロディを聞かせてくれるところを見ると。

難しいかもしれないけれど、今のぼくにとって美しくないものは
何なのかについても悩んでみるべきだと思ってる。
ぼくにとっては、もう幸せだって贅沢なものじゃなくなった。
今、なにをおいても会いたい人。
そう、きみは今日も、ぼくが知るかぎりのどんな美しさよりも
何倍もきれいだと思う。

いや
きみは今日も絶対にきれい。
どんなものよりも。

きみだけだ

きみがどんな人か知りもしない人が
きみを苦しめるために、わざわざ吐き出した言葉を

いつまでも胸の奥に留めておくと
最後にダメになってしまうのはきみなんだよ。

だからどうか
折れないでほしい。
傷つかないでほしいんだ。

すべてを
捧げたい人

ぼくの心すべてを
捧げたい人に出会ったとき

誰かに
なぜ、不確かなものに
すべてをゆだねられるのかと聞かれたら

にこっと笑ってこう言うよ。
「ただ、ただその人が好きだから」って。

だって
人生にたったひとつの出会い
生涯、二度と訪れない時間かもしれないでしょう？

不思議な日

わけもなくこんな気分になる日ない?
誰かをぎゅっと抱きしめて泣いてしまいたい日。

でも笑っちゃうのは
きまってそういう日は
ぼくの隣に誰もいない。

ほんとうに。

最近、どうして？
ってくらいに
いろいろとつらいよね？

最近、どうして？　ってくらいにいろいろとつらいよね？

誰かがきみになにげなく投げかけた
ちょっとしたひと言に傷ついたり
たやすく克服できたかもしれない傷を
いつまでも抱え込んでいると
さみしさだらけの部屋に横たわって
夜を明かす日々が増えると思う。
くり返したくない過ぎ去ったはずの日々が、わけもなく恋しくて
心の片隅はきっと壊れているはず。
でも、そんな今だからこそ、これだけは覚えていてほしい。

　　　　　　　今、やるせなくて泣きながら
　どうしていいいかわからないほどつらいからといって
　　これからの日々に残っている幸せやチャンスが
　　　　　消えてしまうわけではないってことを。

知っていますか？

桜は満開に咲き誇っているときももちろん美しいけれど
力つきて地面に舞い散る瞬間のほうが
はるかに美しいということを。
あなたは自分の役割を終えてしりぞくその姿すらも美しい
桜のような人なんです。
今は、また新しい花を咲かせるための準備段階にいるのだから。

名前も、顔も知らないあなただけれど
きっと、とても素敵な人に違いないと思うんです。

きみは花のように
咲いているだけでいい

きみのゆく道はいつも春で
きみの見るものはどれも暖かく
きみのすることはみな明るいはずだから

きみは
その中で
花のように
咲いているだけで
いいんだよ。

ある春の日の
散歩

今日はあんまりお天気がいいものだから
ずいぶん久しぶりに外に出てみたんだ。
団地を過ぎて、近くの小学校をぐるっとまわってみたり
ちょうどお昼休みの時間で、子どもたちの楽しそうな笑い声も
おだやかにあちこちに広がっていたっけ。

視力はかなり悪いほうだけど
あえてコンタクトレンズはつけなかった。
そのおかげで、まだぎごちなさそうにただよう春の香りを
思いきり吸い込めたって、そう思う。
それほど遠くに出かけるつもりはなかったのに
歩いているうちにいつのまにかぼくの住むマンションが
はるか遠くに見えるところまで歩いてきていた。

ふと、そろそろ帰らなくてはと思って
振り返った。
あえて、来た道を戻らずに
横断歩道を渡って反対側の道を選んだ。
今まで歩いてきた道とは違って、日当たりがいいせいか
春を告げるさまざまな花たちがぼくの視線を飲み込んだ。

たいして腕がいいわけじゃないけれど
そのかわいらしさを留めておきたくて
ポケットからスマホのカメラを取り出した。
ここはぽかぽか陽気だからか
春を告げる桜がもうにこっと笑っていて
色とりどりのきれいな春の花たちが順番に
行く道を飾ってくれたっけ。

夢中で写真を撮っていると
いつのまにか、あっというまに家の前に着いていた。
なぜか名残惜しくて離れがたかったけれど
すべての春をあとにしたまま、その場を離れた。

家に帰ってきて一生懸命撮った写真を見て
心に残ったシーンを思い出していたら
思わず「わぁ、きれいだ」と口にしていた。

　　　　　　　　この世には
　　　こんなにもきれいなものがたくさんあるけど
　　こういう、ささやかなものたちに宿る美しさには
　　　　　　人の心を純粋に動かす力が
　　　　　　　　あると思う。

深い意味のある文章じゃないけど
今日心に残った美しさがあふれ出てきて
もっとたくさんの人たちと分かち合いたいと思って書いたんだ。

春よ
ささやかなものを愛せる
身近なものに寄り添うことのあたりまえさを愛せる
忘れ去られるあらゆることを愛せる
そんな人になりたいと思わせる季節。

いい人になりたいと思わせる
そんな愛のような季節。
春よ。

芝生の
メロディ

ただ手をつないで

ある春の日の芝生を散歩していただけなのに

歩くたびに温かい音楽が流れる。

ぴょんぴょん

愛はなんてことない野草すらも

きれいな音を奏でる楽器にしてしまうんだ。

きみを十分
心に留めておいたからと

きみにはじめて会ったのは、そう、暑くもなくて
たしか、ずいぶんとさわやかな季節だったと思う。

かなり人の多い場所で向かい合ったのに
きみの姿は、もちろん誰にも負けないくらい明るくて
そのほほ笑みもいまだにぼくの脳裏に深く残ってる。
なんだかすごく不思議だよね。
なんでもないワンシーンなのにきみを思い浮かべるだけでも
ぼくはほおが赤くなるんだからさ。
もちろん、はじめて会ったんだから、ぎくしゃくしてた。

少しは、いや、歩くときに右手と右脚が同時に前に出るくらい
かなり緊張していたかもしれない。
たぶん、ぼくだけが、どぎまぎしながら
どこを見ればいいのかわからずにいたんだろうけど
もうそんなのは全然問題じゃない。

ぼくがきみのことを毎日のように心配するようになってからは。
きみをただ「きみ」としてしか考えないようになってからは。

　　　　　　　きみと一緒にいたくて
　　　　　　　　一緒にしたいことは
　　　　　　　なにも特別なことじゃないんだ。

小さな噴水がある近所の湖の散策路を
ただ手をつないで歩くこと。
長いつき合いの友だちに会うみたいに普段着のまま
近所の食堂で互いの空腹を満たすこと。
きみと少し暗いところで横になって寒そうな外を眺めながら
あったかいココアを飲むこと。
これくらいでぼくは十分に幸せだと
きみを十分に心に留めておけたって言えるような気がする。

一途な人

なによりも
いつも一途な人が好きだ。

まるで初対面のときのように
ぼくに無関心な人じゃなくて

いなくなってしまうかもしれないと
不安な気持ちにさせたりしない人。

ぼくたち
別れないでいよう

ぼくらは絶対に別れないでいよう。

夢でもそんな言葉は口にしないようにしよう。
カッとして
心にもないことを口にして

いつまでも後悔しながら
未練たっぷりの
むなしい時間を
過ごすようなことがないように。

今日も１日
ありがとう

自分自身ではなく、ほかの誰かに
こんなにも切実な思いを抱いたのははじめてだよ。

きみの表情ひとつひとつに季節が変わるような気持ちになったり
きみが笑ってくれようものなら、触ったこともない虹に
触れたような気持ちになって大さわぎしたくなる気分。
今まではどんなときも、本心を隠そうと必死だったのに、今は違う。
できることなら、胸を切り開いてでもきみにぼくの心を見てほしい。
それくらい今、きみのことを狂おしいくらいに
大切に思ってるってこと。

それからさ。

ぼくは一度だって生まれつきの性格をうらんだり
変えたいと思ったことはない。

でもきみと出会ってからは
この内気な性格が憎らしくてしかたない。
もう少し、大好きだって、今、きみのことがとっても好きだって
ありったけ伝えたいのに、それができないから。
きみはこんなふうにもやもやしてるぼくを見て、ぜんぶわかってる
からって、いつまでも待ってるってなだめてくれるけど
申し訳なくなって涙があふれそうになるこの感じが、大嫌いだ。

きみは
言葉では説明できないくらい
愛らしい。

どんな修飾語も物足りなく思えるほど、きみが好き。
なにが起きても変わることはないはずだよ。なにも変わらない。
ぼくがきみと生涯をともにしたいと、確かに思っていること。
ぼくらが踏みしめている惑星が変わっても、これだけは
変わらないよ。約束する。

今日も1日ありがとう。

ぼくのことを好きでいてくれてありがとう。いい夢を見てほしい。

自信と肯定

なんでもないことのようだけど
目の前で、ずっと欲しかったものを逃したとき

「いずれにせよ、うまくいくことになってるんだから」

と考えることが
なにより重要だ。

そういう自信と前向きな考えが
結局は、きみがなによりも望んでいたところへ
連れていってくれるはずだから。

ときには心配ごとは忘れて
思うままに生きよう

ときには思うままに生きよう。誰の目も気にしないで
自分の思うままに。
（何年も何日もかけて）勉強してきた本を閉じて
空にぽかんと浮かんでいる月をぽうっとながめたりしてごらんよ。
雲に隠れた月でも大丈夫。

うんざりするような文字をながめているより
心はずっと軽くなるはずだから。

大丈夫。勉強が、資格が、すべてじゃないってこと。
終わらない課題が山積みだとしてもたいしたことじゃない。
ぼくと似たようにごろごろしてそうな友人に電話をかけるんだ。
ビールでも飲みにいこうって。
どうせなら1杯やるのはどうかって。
あ、そうだ！　それより好きな人ができたんだけどちょっと相談に
乗ってくれよ、なんて言いながら。

ほんとにたいしたことじゃない。今まで死ぬほど勉強して
履歴書を埋めつくす立派なスペックを築くために苦しんで
職場の上司のサンドバッグ代わりになって
死ぬほどつらい思いをしてきたのに
ビール1缶と友人とのおしゃべりがそんなに贅沢なものだろうか?
そんなはずない、きみには、今この瞬間を楽しむ資格があるんだ。

いつまで
まだ訪れてもいない先の心配をしながら
今日を生きるつもりなの。
今すぐ楽しいことをしなくちゃ。

どうしても、後ろめたい気がするなら
ズボンのポケットにボールペンを1本入れておいて
「今の今まで勉強してたけど、ちょっと休む」
という姿勢でいれば大丈夫。複雑に考えないで。
1日くらいは握り寿司のパックでも買って
見晴らしのいい公園に行ってみるのもいい。
授業を1日休んだからって監獄に入れられるわけじゃない。
会社を1日休んだって、今すぐ家がなくなるわけじゃないんだし。

それでも気持ちが落ち着かないなら
近所にカラオケボックスがたくさんあるでしょう。
ポケットの1000ウォン札を1枚さっと入れてしまおう。
歌えなくたって大丈夫。
歌手じゃないんだからさ。
歌がうまかったら歌手になってる
こんなふうになってるわけないだろ、って思ってただ歌うんだ。
すっきりするまで。
俺、けっこういけてるんじゃない？　って思えるまで。

がんばろうって、一度でいいから
1人前に生きてみようって
大学に行って、就職して
夢を追うあなたが素敵じゃなかったら
いったいなにが素敵だっていうんだろう。

今これを読んでいるあなたはきっと素敵な人だと思う。
山積みの課題を先延ばしにしてスマホをいじって
明日も出勤かと頭をかきむしりながらスマホをのぞき込み
眠る前にもう一度本を読まなくてはと思って
この本を読んでいるあなたが、一番すごいと思う。
すごくうらやましい、なんて素敵なんだろう。

せちがらい世の中でくたびれてしまっても大丈夫。
あきらめずに自分なりにちゃんとがんばってる。
応援します。たとえ顔も、年齢も
性別も知らない人だとしても
心から応援します。あなたのことを特別に大切にします。
誰よりも素敵な個性をもっている人なのだから
誰よりも素敵な絵を描けるはずです。

心からやりたいことをしてください。
あなたはなにをやってもうまくいくのだから。

その１日は
無意味じゃない

今日はほんとうに無意味な１日だったと
１人で自分を責めてるきみが心配になる。

これだけは
わかっていてほしいと思う。

きみがやっとの思いでしのいだ今日という１日は
けっして無意味じゃなかったということを。

なにも成し遂げていなかったとしても
今日ベストをつくしたはずだし
自分なりの努力を十分したはずだから。

　　　　　　　　　結果だけが重要で
　　　　　プロセスは重要じゃないというのが
　　　　今のぼくらが住んでいる世界だけれど
　　　　　　　　　　その中でも
　　　きみのその大切なプロセスを理解してくれる
　　　　　　　大切な人たちが必ずいる。

落ち込んでいるきみのことを心配しながらも
ほんとに素敵な人だなって思ってる
ぼくみたいな人がね。

だから落ち込まないでほしい。
きみのすべての瞬間は無意味じゃない。

本当の
幸せ

会いたかった季節に
会いたかった人と
見たかったなにかを
一緒に手をつないで見られるということ。

それが、どれほど幸せなことか。

逃しては
ならない人

きみがどんな姿をしていようと
いっさいの偏見をもたずに
接してくれる人を
絶対に逃しちゃいけない。

そういう人は
この先も変わることなくきみの味方になって
応援してくれる人だから。

きみが幸せ
だといい

心からきみに幸せであってほしいと思ってる。

文字どおり、「心から」。
無条件にお金がたくさんあって
そのおかげで
幸せだといいなという意味じゃなく
心からほほ笑むことができるよう
心底幸せでいてほしいと思う。

もちろん、経済的に豊かで
やりたいこともすべてできればいいけれど
そうやって手に入れた幸せは絶対に長く続かない。

　　　　　　　　　　　　だから、ぼくはきみが
　　　　　　　　　愛する人と燃えるような恋をして
　　　　　毎日どきどきしながら暮らしていたらうれしいし
　　　　　　　大切な友人とけんかしたりせずに
　　　　　　　　ずっと仲よくしていてほしいし
　　　　　　　　　　家族みんなが健康で
　　　　　　　絶対病気にならないでほしいと思う。

きみがいつもは忘れている
人生のささやかなものたちに囲まれて
そんなふうにいつもかわいらしく笑っていられたらと思う。

きみはぼくの知っている人の中で
笑っているときが一番きれいで
一番幸せであってほしいと願う人だから。

日 常 に 疲 れ た と き に
ぜ ひ 読 ん で ほ し い こ と

あんまりだと思うほど、ものさびしい日々を送っているきみに
どうしても、知っておいてほしいことがある。

解決しない問題で悩み、傷つき孤立しているときも
時間は流れ続けているということ。
そしてその時間は流れると同時に
きみも知らないうちに痛みを洗い流していくということを。

だから１人で
自分を責めて
どこかに隠れようとしなくていいんだよ。

一生懸命努力したのに誰も気づいてくれない
きみの夢と未来、容赦なく背を向けた友人たち
もっともらしい理由すら告げずに去っていった昔の恋人のことも
絶対にきみのせいじゃない。

もちろん、きみが今抱えている傷の深さや大きさが
どれくらいなのかは計りしれないけど
きみはどんなときだって今の混乱をしっかり乗り越えられる人。
たとえ傷が癒えるまでの道のりがあまりにつらいものだとしても。

それでも、きみはしっかりとした人だから
必ず乗り越えられると信じてる。

だから、その時の流れの中で
「あきらめる」ということさえ考えなければいいんだ。
ちょっとくらいつまずいたって大丈夫。
隣でそっときみを応援しているたくさんの味方が
支えて起こしてくれるはずだから。
心配しないで。きみの心は今、暗くて長い冬というだけ。
寒い季節が過ぎれば、また暖かく
甘い香りの春の日がやってくるだろう。

試練という
高い壁

今、目の前に
自分の実力では手に追えそうにない
壁が立ちはだかっているからといって
歩んできた道をまた戻ろうとはしないでください。

そういうときは過去の自分と
今の自分を比べてみてください。
もしかしたら、あのときの自分には
絶対にできないと思っていたことが
今は当たり前のようにできるようになっていないか。
あのときはまったく知らなかったことが
今では完全に自分の知識になっていないかと。

今、行く手に立ちはだかっている試練も同じだと思うのです。
今はとても乗り越えられそうにないけれど
ぶつかってみて、痛みを知って、転んでみて
後で振り返ったら、軽々と１歩で乗り越えられるような
低い壁になっているはずだから。

　　　　　　　　　　　　　負けないでください。

　　　　　　　　　　　　　　　　あなたは
　　　　　　もうすでに、十分まぶしく輝いているのだから。

一瞬に
最善をつくす

近づいてくるなにかを恐れないこと。
日常におけるなんであっても先延ばしにしないこと。
過ぎ去った記憶に胸を痛めないこと。

なによりも
恋愛においては計算せずに
そのあらゆる瞬間に最善をつくすこと。

いい人に
出会えただけで

いい人に出会えただけでも
折れてしまいそうだった心が
再びみるみる元気になるときがある。

いい人から立ち上るいい香りは
必ずぼくに
温かい応援となって染み込んでくるから。

タ イ ミ ン グ

信じられないかもしれないけど
愛は、あえて努力して探そうとしなくても
むこうからやってくるようになっている。

そういうタイミングが訪れたとき
一目で気がついて、逃しさえしなければ
突然訪れた愛が人生に
最高の瞬間をもたらしてくれるかもしれないってこと。

気づいているだろうか？
もしかしたら、もうそのタイミングが
すぐそばでツンツンと
あなたをつついてるかもしれない。

生きる理由

ときに思ってもいなかった場所で
ささやかな幸せを感じることがある。
たとえそのときの状況が
楽しく笑ってられるばかりの瞬間じゃなかったとしても
どんなささいなものにも美しさというのは宿っているものだから。

もしかしたら、ぼくらの行動や考えのひとつひとつにも
それぞれの色がついているからなんだろうね。

わんわん泣いてしまいたいほどつらくても
思わず笑顔になるようないくつかのささやかな行動に

少し大げさだけど
生きる理由を見つけたりもするんだからさ。

愛

ほんとうに愛らしいね、あなたは。

それ以外の言葉を

あえてつけ加える必要はないよ。

最後はきみが
勝つのさ

すべてにおいて
無条件にトップを目指そうと欲を出せば
そのプレッシャーに耐えかねて
倒れてしまうにきまってる。

きみはそれ以上でもそれ以下でもない
今できるだけのことをすればいい。

きみの能力が足りないからといって指を差してくるような人たちは
自分の下しか見ていない人にすぎない。
きみはただ
できるかぎりのことを続けながら
少しずつ、本当に少しずつ、上昇していけばいい。

一番大切なのは
その瞬間と状況にベストをつくすことだから。

負けたって関係ない。
上を見続けて、少しずつ向上していけば

結局最後に勝つのは
きみなんだから。

感情に正直になる
ということ

自分の感情に正直になるということは
なんて難しいんだろう。

会いたい人に
会いたいと言えなかったり

愛する人に
愛してると言えないなんて。

恋愛は、こういう人と
出会ってするものなんだ

こんな恋愛がしたい。毎分毎秒どきどきしていなくても、ちょっと気づいてもらっただけで1日の疲れも吹き飛ぶような恋。いつも食べているものを一緒に食べて、今日はすごく寒いねと言えば、寒かったらぴったりくっついてればいいじゃないと言ってその瞬間をあたためてくれる恋。毎回別れるたびに名残惜しくて、つないだ手を離したくなくなる恋。自分だけのふかふかの毛布みたいな人に出会って、毎日おだやかに幸せに暮らしたい。その幸せが壊れないよう、深い愛情をかたむけ合って明るく笑いたい。

いつまでも
もしかしたら、永遠に。

過ぎ去ったものを
恋しがるということは

過ぎ去ったものを

恋しがるということは

あのとき

置いてきた未練だろうか

それとも今

目の前にある失望だろうか。

子どもみたいに
愛す

愛することに関してだけは
大人になりたくない。

これでもかと駄々をこねたいし
うきうきした気持ちを隠したくない。

だから
愛することに関してだけは
無邪気な
子どもみたいに。

涙が出るほど美しくも
悲しい映画の主人公

なにもないも同然だと思う。

もし愛がなかったら、好きな音楽がなかったら
好きな色、好きな季節がなかったら。

だから、今から愛しはじめなくちゃ。

一生に一度くらいは、心揺さぶられる恋愛映画の
涙が出るほど美しくも
悲しい主人公になってみたいのならばね。

恋人を
自慢したがる人

自分の恋人をどこでも自慢したがる人と恋をしたら
きっとうっとりするような気分なのだろうと想像してみる。
スマホの壁紙は恋人の写真で、いつもまわりの人たちに自慢したり
家族にも紹介したくてしょうがなくて
友人との飲み会でも恋人の自慢話が止まらない人のことだ。
愛する人のことを誰かに自慢したい気持ちは
もしかしたら当たり前なのかもしれないけれど
その当たり前の中に込められた思いが
どれほどかわいらしいものか、ぼくらは知るべきだ。

愛が
かなうとき

愛
それは本当に一瞬でかなう。

でも
訪れた愛をスマートにつかまえられる人なのか
その愛をみずからの足で蹴ってしまう人なのかによって

その結末が変わるだけさ。

この瞬間、愛するきみに

2人だけの

季節が

始まろうと

している

2

幸せでいよう、
ぼくたち

今日も1日本当にお疲れさま。
今日はいつもよりずいぶん曇(くも)ってた。

風邪が流行ってるみたいだけど
きみだけは風邪を引いたりしないで
いつも笑っていてほしい。

とんでもなくきれいなきみがいるから
今日という1日はぼくにとって
とんでもなくきれいな日だった。

これからもそんなふうに美しくあってほしい。
いつも、幸せでいよう、ぼくたち。

きみという人は
ぼくにとって

きみはぼくにとってこういう人なんだ。
一緒にいるすべての瞬間に大きな意味が生まれ
伝えたいことがありすぎて
向かい合って話をしていると、時間がたつのも忘れてしまう
食べ物の好みだけじゃなく、好きな音楽や季節も同じで
恋をするために出会う相手じゃなくて
この人じゃなかったら恋なんてできそうにないと
本気で思うから出会う人。
つまり

　　　　　　　　　　自分の人生すべてを
　　　　　　　　惜しみなく差し出せる人。

恥ずかしいような過去も、きみを愛している現在も
ずっと変わらず愛しているだろう未来まで
すべてを喜んで差し出せる、そんな人。

これだけは約束しよう、
ぼくたち

今のぼくらは目と目が合うだけでもにこっと笑って
手をつなぐだけでも胸がどきどきするよね？
でもいつしか時が流れ、お互いに慣れてくると
目が合っても、手をつないでも
もうときめかない瞬間が必ずやってくる。

そのとき、そういうときが来たら
これは愛じゃない、なんて思わないようにしよう。
慣れすぎてしまったけれど、これは数千回のときめきが
築いてくれた本物の愛なんだって。

だから、ぼくらは他の人たちとは違うんだって
ほほ笑ましい自信をもって
これからも後悔せずに愛していこう。これだけは約束しよう。

安らかな気持ちに
させてくれる人

安らかな気持ちにさせてくれる人と出会いたい。

ただ同じ空間に一緒にいるだけで
癒やされる人。

週末の午後
日当たりのいい近所の
カフェの片隅に座って
何時間も笑いながらおしゃべりができて
特別なにかをしなくても
その瞬間をぬくもりで満たせる人。
そういう人に出会いたい。

ぼくが挫折したりつまずいたりしそうになったら
その温かい胸を喜んで差し出してくれる人がいい。
自分のことは後回しにして
ぼくの目をまっすぐに見て

「なにがあっても絶対にあなたの味方だから」と言って
安らかな気持ちにさせてくれる人に。

もう誰も愛せないと思うほど、くちゃくちゃになった人生だって
まるで新しい紙のように1からつくっていけるものだから

愛する人と向かい合うだけでも
忘れていた純粋さを見つけられるかもしれないから。

不器用な
始まり

今日はいい香りのしてくる夜風の中を歩いていたみたいだ。

ぼくの肩の少し下で揺れるきみの髪の毛は
冷たい夜空を代弁するように黒味をおびて

夜空にぽつっぽつっと刺さって光を放つ月と星みたいに
きみの目、鼻、口、どこをとっても輝いていた。

思えばぼくは本当に運がいいと思う。
きみってかわいい。いや、かわいいというよりおかしい。

あ、どういう意味かというと
きみはぼくをにっこりさせてくれるってこと。

ごめん

きみに関することはまだちょっと不器用なんだ。

きみとはじめて向かい合った瞬間

ぼくが

おどおどしながら

きみに視線をむけた瞬間

それが

愛だったみたいに。

覚えていて

覚えていて。

今日きみの1日は

絶対に

無意味じゃなかった。

過ぎたことは
過ぎたことに
過ぎないんだよ

過ぎたことに未練をもつと
苦しくなる理由の多くは

今の自分の状況に比べて
当時の記憶があまりにも美しいからなんだ。

これからつくっていく幸せだけを
考えるようにしたほうがいい。
過ぎたことは過ぎたことに過ぎないんだ。

この世の感動すべてを
教えてくれる、きみへ

忘惰(たいだ)になったというよりも
恋愛をしているというほうがもう少し自然な表現になるだろう。
その相手のことを考え、話し、触ること以外には
まったく興味がわかないということ。

絶対に愛だ。

この世のあらゆることに感動するためには
もたずにいられない感情。
そういうぼくはこの愛を続けていくために何をすべきなのか。

時間と空間を惜しみなく彼女に使い
時間さえできれば手をつなぐこと。
それ以外のほかのことには一瞬も浪費しないこと。
これがぼくのできるかぎりの、誰かを心から愛する方法なのだ。

　　　　　　　　ぼくはもともとお金よりも

　　　　　　　切ない愛を求めていた人だから。

　　　　そのことを忘れそうになっていたというだけで

　　　　　　完全に忘れてはいないのだから。

だから、昨日の夜、夢できみとぼくがぎゅっと抱き合って

この上なく幸せな表情をしている未来を見たという話なんだ。

この文章はそのシーンを見て浮かれすぎたぼくの一部というわけ。

好きになってくれて
ありがとう

ぼくのことをこんなにも好きでいてくれるきみにありがとう。

笑ってくれてありがとう。
デートの約束の日、きみを迎えに行くために
退社時間に合わせて会社の前で待っていたぼくを
にこっと笑って迎えてくれて。
待っているあいだ、すごく暑かったと文句を言うぼくを
やさしくなだめてくれて。
きみの顔をのぞき込むと、恥ずかしがって子どもみたいに
ぼくの後ろに隠れてしまうきみがあまりにもかわいい。
亀みたいに首をすくめて隠れていても
ちらっと見えるきみの目元のほほ笑みに心からありがとう。

なぜかぼくを愛してくれているような気がして
ぼくがきみにとって
特別ななにかになっているような気がしてならなくて。

喜んでくれてありがとう。

ぼくらがつき合い始める前に、つまりまだ友人だったとき

きみはぼくがつけているバングルを見て

「そのバングルすごくかわいい」と言っていたっけ。

だから、きみのその言葉を思い出して

ぼくは同じバングルを買って初デートだった昨日

きみにプレゼントしたよね。

手に入りにくいものじゃなかったし

高価なものでもなかったけど

きみはそのバングルを受け取ると

その日1日中バングルをつけた腕を眺めて

これほんとにかわいいと、まるで口癖みたいになんどもつぶやいて

ありがとうと数えきれないくらい言っていたよね。

それなのに感謝の気持ちをちゃんと伝えられているか

もしかしてぼくが傷ついていないか心配してくれていた。

ぼくはそういうきみのことを、本当にありがたく思ってる。

小さなことにも感謝できて
謝ることもできる、きみのそういうやさしい心に
もう一度ありがとう。

心配してくれてありがとう。
いつものようにカカオトークで
互いの日常を報告し合っているとき、きみが突然
「私から離れていかないでね」と言ったよね。
どうして突然そんなことを言うのかと聞くと
「どんどん好きになって、わけもなく不安になって
あれこれ考えてたら……」ときみは答えてた。
きみにはちょっと申し訳ない話かもしれないけど
ぼくはきみがそんなふうに
愛をこめて心配してくれるのがとってもうれしかった。
気持ちを伝えるのが不器用なぼくの代わりに
ぼくらの関係の深さがどれくらいなのか
はっきりとわからせてくれたから。

こんなにも深まった２人の関係が
無駄に終わったりしないよう
ありったけの愛情をきみに伝えるだけでいいんだから。

きみが二度と
そんな不安で
真夜中に心細くなったりしないように
するよ。

いろいろとありがとう。
こんなにも未熟なぼくを、こんなにダメなぼくを
なんの条件もなしに好きでいてくれることにほんとに感謝してる。
だから、きみはぼくにとって四季をすべて捧げても
ちっとも惜しくない人だってことだよ。

こんな
恋愛

ぼくはこんな恋愛がしたい。

離れていても一緒にいるときに負けないくらい
互いにどこまでもやさしくなれる恋愛。

今まで生きてきた背景や経験が違うことを認めて
互いに歩み寄るために努力する恋愛。

お互いの一番リラックスした姿もすべて愛せる
友だち以上に友だちみたいな
一緒にいると楽しさであふれてる恋愛。

嘘いつわりのない愛を

与え合える

そんな恋愛。

きみと一緒の
暗闇ならば

人が人をこんなにまで大切にできるだろうか
という、切ない思いが一瞬を包み込んだ。

きみと向かい合っていると
まだ熟していない果実を飲み込んだみたいに
口の中だけじゃなく、全身がひりひりとしびれた。

すべてがぼくから背を向けるとき
きみはぼくを助けようと全力でその手を差しのべた。

真っ暗だったぼくの世界にやってきて
ぼくの体をカーテンさながらに開け放った。

その隙間から差し込んできた光を
きみはぼくにこれでもかと注いだ、十分すぎるほどに。

きみは確かに
ぼくが確信した
愛だった。

そんなきみと旅する暗闇ならば
あえて光を探しもとめて目をこすらなくてもいい気がした。

沈まない月すらも
うらまずにすむような気がした。

これからは
いいことが起きるよ

最近どうですか？

たぶん誰かに大丈夫だよと背中をとんとんされたりしたら
今にも涙があふれてしまいそうな日々かもしれない。

今、悩んでいることはすべて、きちんと解決すると
誰か笑いながら言ってくれないかな、と思っているかもしれない。

今のあなたの悩みが
何なのかはよくわからないけれど
どれもみなちゃんと解決するよ。

たとえ、思いどおりにならなかったとしても、いいじゃないか。
「悲しみ」の後に「幸せ」がやってくるのが正しい順序なんだもの。

今まで他人の目ばかり気にして
消極的なばかりに
損をしてまで他人のために動いてきたあなたなんだから。

これからは
いいことが起きるべきだと思わない？
大丈夫、本当にちゃんとうまくいくから。

そう、
それが愛だよ

きみはいったい夕べどんな色を塗ったら
そんな明るい顔で
ぼくの目の前につぼみをまき散らせるのだろう。

にっと笑いながら手を差し出す子猫も
ガタガタッと音を立てて崩れるリビングのジェンガも

ほほ笑みながらぼくに心ゆくまで抱きしめられるきみに比べたら
それほどいつくしむべき平凡さじゃないかもしれない。

だから、オレンジを1皿ぼくらのあいだに
きれいにならべて置いておこう。
そのうちぼくらの手が重なるタイミングが来たらそのときだよ。

そのとき、秋と冬を知らぬまに飛び越えて
春に目を覚まそう。

そしたらもともと愛し合っていた人みたいに
自然に口づけから始める。

そして聞こえてくる猫の鳴き声に合わせて
互いが誰なのか確かめるんだ。

そう
それだよ。
それが愛なんだ。

暖かな色で
彩られた心

映画のように微妙に流れていた時間が
次を約束しながら散らばった。
チャーミングな出会いの後の名残惜しさは
美しさにふと似ていて
これからきみにほほ笑みでもって返していきたいと心に誓った。
十分に満足した1日だったのに
もっとなにかしてあげられたんじゃないかと
悔いが残りはしたけれど
一方では、それでよかったとも思ってみる。

それだけぼくにとっては
これからきみに注ぐ愛情がたっぷりあるということを
ちゃんと確かめられた証しでもあるから。

だから、今回やり残したことがあっても、それはそれで
美しい心残りだと素直に認めることが
きみをていねいに愛する方法なんじゃないかな。

きみのひと言ひと言がかぐわしくて
その口をやさしくふさいでみてもぼくの心まで深く染みわたり
きみと向き合って話すと
世界中に花が咲いたような気分になる。
そしてぼくがときどききみの顔をじっとのぞき込んで見ると
きみはその理由を知ってか知らずか、にこっと笑ってくれる。

そんなきみの笑顔が好きでもう一度のぞき込むと
きみはまたその理由を知ってか知らずか
気恥ずかしさを実に愛らしく表現する。
これ以上ないくらい愛おしい行動で瞬間を埋めつくしたり
かわいい表情で「愛してる」と言ったり
感激してしまうような言葉で褒めてくれたり。

愛するきみを後にして疲れた身をまかせたバスは
人びとの匂いであふれていた。
バスが道路を走り、ぼくはきみが最近はまっている歌を聴こうと
カバンの中から iPhone を取り出した。
小さな iPhone から流れてくる音楽は
きみの息づかいともよく似ていて
ぼくはまた赤くなってくる顔を
あわてて隠さなくちゃならなかった。

恥ずかしさを自分なりに鎮めようと眺めた窓の外には
黄色い街灯の明かりがせわしなく通り過ぎていった。
素朴な街灯の明かりが続いていくのすら
きみとの余韻のようにいつまでも美しかった。

きみが目の前にいないその瞬間すらも
きみのことでいっぱいで
あらゆることにきみを重ねて
意味をもたせているんだよね。
それだけきみのことが好きだってこと。

暖かい家に帰ってきてから
カバンを下ろして腰かけたベッドの隅でも
ぼくはきみのことを考えてばかりだった。
無意識にふと目をやった鏡の中の自分の顔はきみの痕跡だらけだ。
分厚いぼくの下唇にはきみの残り香がさわやかに揺らぎ
唇を嚙みしめて名残惜しさをなぐさめた。

さらに上半身だけベッドに横たわらせて
きみのことをもう少し思い浮かべてみると
きみはほんとうに大切な人だってはっきりとわかって
またあらゆることに感謝できた。それからひとりごとを言った。

これからの人生を、ぼくらの物語を
暖かい色で彩っていけそうだって
無彩色のまじったわびしいシーンを
撮ることにはならなそうだって。

　　　　　　　　　ぼくの愛情で芽吹かせ
　　　　　　　きみの存在で森をつくりあげよう。
　　　　　　2人で、多くのものを抱けるくらい
　　　　　たくさんたくさん温かくなろうって。

きみと暮らしたい
季節

きみとは永遠の夏に暮らしていたい。

暖かい日差しが降り注ぎ
さらっとさわやかな風が吹いてくる夏。冷めないでほしい。
いっそ無邪気なままでもいい。
ぼくらは熱いままでいられる。
うん、冷たい表情はぼくらには似合わないから。
ごはんを食べているきみの口に
ふざけてキスしたりするのも永遠に続く気がするよ。

だから、ずっとずっと一緒にいよう。

いつまでも朝、目を覚ますと
まず先にお互いが目に入ってくるように。
もしかしたらときどき冷めてしまっても大丈夫かもしれない。

いや、そうじゃなくて。

ときどき春や秋でもいいよね。
いつも暑いばかりじゃ、それも問題になるかもしれないから。

大丈夫、なにも変わらないよ。
ぼくがきみを、そんなきみがぼくを
愛すること。

永遠の夏の中でぼくらは
たぶん、死んでも愛し合ってるはずさ。
好きだよ。

ぼくの人

人との関係において
一緒に過ごしてきた時間はそれほど重要じゃない。

昨日知り会ったとしても
つらいときに先に気がついて手を差し伸べてくれる人。

そういう人がそばにいることが
一番重要なんです。

旅に出たい

近ごろ友だちとの会話で

「すごく旅行に行きたい」
という言葉がきまって出てくる。

それだけ日々の暮らしが
どんどん息苦しくなってきているのだろう。

その行きづまった心を
どこかに旅に出たいという言葉で表しているだけで。

なにひとつ
うまくいかない瞬間には

自分のしようとしていることが、どういうわけかこじれてしまい
固く信じていた人たちからも裏切られ
どうしようもない混乱におちいってしまうことがある。
1人で我慢に我慢を重ねて周囲の人たちに悩みを打ち明けても
返ってくる言葉はせいぜい「人なんてみんなそんなものだよ。
しかたないと思って受け流さないと」という
つまらない答えや反応ばかりだ。
この解決しない深い悩みは結局、明日も明後日も続き
延々とぼくを苦しめるのかと思うと
なんとかしなくてはという意思すらだんだんと消えうせ
あきらめにいたる。
最後に大きな声で笑ったのはいつだったか
幸せだった瞬間はあるにはあったのかすらわからない
「どこでもいいから、旅行にでも行きたい」とまるで口癖のように
口にしている自分に気づく、そんなこのごろだ。

今、歩んでいる道、
それは正しい道です

このところずいぶん疲れていませんか?
誰かに肩をぽんとたたかれて
もうやめてもいいよ、なんて言われた日には
今すぐにでもすべてを手放してしまいたくなるかもしれません。

誰もがきっとそう。
愛する人たちにいいところを見せたいし
自分自身にもなんでもやり遂げる姿を見せたいのに
自分よりもうまくいっている友人を祝福しつつも
いつのまにかうらやましさが嫉妬になっていたり。

どれもきわめて自然なことなのだから
誰だってみなそうなのだから
あまり心配しなくても大丈夫。

自分が間違っていたんだ
正解じゃなかったんだ、だなんて
思わなくていいんです。

　　　　　　　「がんばれ」という言葉が
　　　　　　　　　　贅沢に感じられて
　　　　　　　　　　望みはどれも
　　　　　　　遥かかなたにあるように感じられても
　　　　　　　　　あきらめないでください。

ゆっくり一歩ずつ歩んでいけば
それがいつしか正解になるのだから。
それが本当に
正しい道になるのだから。

今、選択を間違ったと思っているその道は
長い時間をかけてきたその道は
正しい道で間違いないのです。
決まってるじゃないですか、間違いありません。

いつだって私のためを
思ってくれる人

あなたのことをいつも
最優先に考えてくれる人と
つき合いなさい。

なにより、あなたとの約束を
大切に考え

あなたの1日を気にかけ
いつだってあなたのためを思ってくれる人。

こんな
恋を

いつからかつき合う相手のルックスや
職業をあまり重要視しなくなった気がする。
それよりも、ただぼくを見て
にこにこ笑ってくれるところを好きになって
ぼくが差し出した料理をおいしそうに
よく食べる口元がかわいらしくて
1日の終わりに、近所の公園で待ち合わせて
冷えた缶ビール1本で幸せになれる素朴さのほうが好きになった。
蒸し暑い夏、エアコンで涼しい部屋と適度に雰囲気のある映画
そしておいしいスナック菓子が3、4つあれば
1日無事に過ごせるおだやかな恋を。

お互いの人生に
ありのままで落ち着ける
居心地のいい、そんな恋。

とっておきの
瞬間

人生にとっておきの瞬間ひとつなかったとしたら
それはとてもさみしいと思う。

雨が降ると思い出すシーンがなかったら
雪が降ると思い出すシーンがなかったら
桜が咲くとき、落ち葉が舞うとき
思い出すことがなにもなかったとしたら。

あなたにも
息もできないくらいの、体が震えるような
とっておきの瞬間がないだろうか？

自分以外に
一番大切な人

ごちゃごちゃになった日々の中で
仕事をしているときに

ふと
「今ごろ何してるんだろう？」と
自分以外にまず先に
誰かのことを思い浮かべること。

それだけでも十分に愛になる。

今はもう、一瞬のときめきよりも
安らぎのほうがずっと大切

最近は、ときめきよりも安らぎのほうが大切だ。
観たい映画があれば当たり前のように一緒に観にいけること。
食べたいものがあれば当たり前のように
向かい合って食べられること。
気に入った歌を見つけたらすぐに教えてあげたくなること。
一緒に他愛もない1日や日常を過ごしても
退屈することなく毎日楽しめる、そんな貴重な安らいだ時間。
今までのぼくはいつも新しいときめきを求めていたけれど
これからはもうこの複雑な世界で安らげる
おだやかで慣れ親しんだ感覚のほうが大切だ。

だから、今も十分ぼくに安らぎをくれているきみを大切にして
これからもこの居心地のよさの中で変わらずにきみを愛したい。

　　　　ぼくらは一瞬で過ぎ去るときめきじゃなくて
　　　　　永遠に記憶される堅固な愛なんだから。

すべての緑を
抱くきみに

消されゆくすべてのものから、きみを救う。

深い霧の中でカチカチ進む秒針の音、ゆらめく川面のせせらぎ
どれも集めてきみに贈りたい。
この世のすべてを緑色に塗っておいて
きみに似てると思いながら眠りにつきたい。
そしてそこから立ち上るさわやかさを口いっぱいにほお張って
目をぱちぱちさせてるきみを愛したい。

ぼくに触れられるのは、この世でただ1人
きみという人でなくちゃならない。
ぼくの知る愛とは、きみとぼくが目と目を合わせるだけなんだ。

傷

自分の苦しい状況を言い訳にして

そばで力になってくれる人を
深く傷つけてはならない。

理解して、我慢してくれるのは

「自分の大切な人」であるときだけなのだから。

理想の
タイプ

自己肯定感が低いせいで
ぼくの理想のタイプは自然と
自分の自己肯定感を高めてくれる人になった。

ぼくの仕事がなんであれ
すべてうまくいくと言ってくれて

いつだって
素敵な言葉で褒めてくれる
そういう人。

彼女の
愛し方

彼女の愛し方にはいくつかあって
そのうちもっとも一般的でささやかだけれど
実は多くの男たちが実践できずにいることがある。

日常で交わすごく他愛ない会話に
やさしい心配りをすること。

よく眠れた？　という彼女の質問に
「うん、よく眠れた。
きみのほうは最近夜中に何度も目を覚ますって言ってたけど
昨晩は朝までぐっすり眠れた？」と
ささいな部分まで覚えておいて
彼女を大切にし、心配しているというメッセージで
小さな感動を与えるのだ。

女の人はそういうところに

「あ、この人は私の日常のささいな部分も逃さずに
覚えていてくれるんだ」

「私の1日を心から気にかけてくれる
やさしい人がそばにいてくれるんだ」

とうれしくなり、自分は
「愛されている」と思えるのだから。

こういう人と
つき合いなさい

やさしい話し方をしてくれる人と
つき合いなさい。

傷つけるような言葉を
口癖のように吐きすてる人ではなく

なんであれ
きみのことが好きでたまらないという表情で
話す人と。

心配ごとを
置いておく

心配ごとは脇に置いておくべきだというけれど
心配ごとを置いておくというのは
雨の日に傘を置いておくのより
難しいことを誰よりも知っているから。

無理強いはしないよ。
心配ごとをいったん置いておくことを。

でも、あんまり悩みすぎないで。

春 だ か ら と い っ て
暖 か く な く て も い い

春だからといって
どきどきしなくちゃいけなくて、暖かくなければいけなくて
なにかが芽吹かないといけない季節なのだろうか?

いや
ぼくにとって春という季節は
さみしさがまず思い浮かぶ
傷だらけの季節に過ぎないよ。

ぼくのそばからなにかが
去っていかないと終わりにならない季節。

　　　　　　　　大勢の人たちが
　　　　　　幸せな春を過ごしているとき
　　　　　　　ぼくは秋でも冬でもない
　　　　　　たいそうやつれた顔をして
　　　　　　　一瞬一瞬を耐え忍ぶ。

それからさ
ぼくは誰かに
別れに一番似合う季節はいつかと聞かれたら
即座に春だって答えると思う。

だからこれからは春を半分に分けて生きていくんだ。
最初の半分を冬にあげて
残りの半分を夏にあげる。

夏と秋と冬しかない世界で
もう誰ひとりとして失ったりしないよ。

下手な
期待

どんなことにも
下手な期待をしては毒になる。

なかでも
人と恋愛に関しては

なおさらのこと。

夏の終わり、
その朝に

思いのほか秋めいてきた。
肌寒い朝の風が気持ちよくほおをなでていき

美しい色をした高い空のせいで
愛する人に会いたくなる。

くすぐったい季節と季節のあいだ

愛する人が
もっと
愛おしくなる時間。

永遠に似た
きみ

このごろ、永遠に似たきみのことがもっと好きになってる。
最近、小さな希望みたいなものがひとつできたんだ。
つまりだから、ぼくに永遠の香りが留まってくれたらって。
そんなふうにきみもぼくにいつまでも留まっていられるよう
無限の時間をプレゼントできたらって。
そろそろ、少しずつ秋らしくなってきたみたいだ。
ぼくらが1日中くっついていてもいい季節になったってことだよ。

今では、早朝に
窓の隙間から恥ずかしそうに差し込む日差しに
きみがいて
部屋の外から聞こえる
キッチンでカタカタいう音にも
どういうわけかきみがいる。

それから昨日はさ、きみに、むしょうに会いたかった。
列になって横断歩道を渡る子どもたちの笑い声に
ぼくら2人の幸せな未来を一瞬かいま見たぐらい。

　　　　　　　　　　きみはぼくにとって
　　　　　　　　　本当に大きな幸せであり
　　　　　　　　　　小さな世界なんだ。

雲ひとつないまっさらな空に
ギターのメロディみたいに日差しがやわらかく揺れていて
できることなら、そのすべてを1カ所に集めて
きみに届けたかった。
できることなら、その音色を演奏して
きみに聞かせてあげたいって思った。

ともかく、ぼくをなんの条件もなく包み込んでくれる
きみに感謝してる。
きみと一緒になんてことない芝生の上を歩きたい夜であり
そのかわいい手を握って約束のない旅に出かけたい、そんな夜。
いつかぼくが、鼻にしわを寄せるきみの表情がかわいいと言ったら
1日中その表情をした写真を送ってきたきみのことが大好きだ。

今のこの瞬間があまりに愛しい。ちょうど7歳ぐらいの
お母さんに甘えていたころに戻ったような気分になる。
きみがぼくのそばにいてくれるなら
なんともいえない安らぎに悩みなどみな忘れて
子どもみたいにぴょんぴょん飛び跳ねて遊んでもいいような
そんな気分のこと。

ありがとう、ぼくに誰かをこんなにも深く愛する機会をくれて。
それから、誰かのふりをして偽りの人生を生きてきたぼくを
季節が変わるのを待てる人にしてくれて。

そんなきみのことがありがたくて
この季節と同じくらい愛してる。
いや、もしかしたらそれよりももっと。

もうじき秋になったら、まだどれほどかわいいきみに
会えるんだろうって、明日の朝からまた期待に胸がふくらむ。

まだ、夏が駄々をこねている秋の入り口で。

今、ぼくのそばに
いてくれる人たちは、
はたしていつまで
ぼくの味方でいてくれるだろうか

ぼくは今も人間関係がとても苦手だ。
最近はありとあらゆる考えにとらわれている。

つまり、今ぼくのそばにいてくれる人たちは、いったいいつまで
ぼくの味方でいてくれるだろうか、という少し愚かな考え。

仕事があまりにも忙しくなり、しょっちゅう会っていた
友人たちとなかなか会えなくなった。
こうやってぼくの知らないうちにだんだんその友人たちだけで
それぞれの思い出をつくっていけば
いつしかぼくは忘れられるのではないかと不安にもなる。

　　　毎晩こんな悩みを抱えながら夜を明かしているこのごろ。

　　　　　　　　遠い未来のために
　　　　　　　　すべてを我慢して
　　　　　　　今のように過ごすべきなのか
　　　　　あるいは、すべてをあきらめて
　　　　　　　　心のおもむくままに
　　　　　　　生きていくべきなのか。

解決の糸口すら見えない混乱の中で
つらい思いをしている今日このごろ。
これといって話すこともないけれど
会いたかった友人たちに突然メッセージを送ってみたくなったり
あいつらどうしてるかなと思って、話しかけたくなったり
友人たちのＳＮＳに上がっているぼくのいない
旅行写真を見ながら、いじわるな気持ちになったりする。
そんな心境で、以前には感じられなかった人間関係の大切さを
いやというほど感じるようになった。

「お前は忙しいから、俺のほうが理解してやらないと」
ちょっとした友人の言葉が
とてもありがたく
「今も十分にがんばってるんだから、よけいなことは気にしないで
自分の仕事に集中して」恋人の言葉がこんなにも愛おしい。

つらいながらも望むものがあるとしたら

　　　　今ぼくになぐさめの言葉をかけてくれる
　　　　　　片手で収まる数の人たちの心が
　　　　　　どうか変わりませんようにと。

ただ、もうちょっとだけ待っていてほしい。

ぼくがある程度落ちつくまで。
この人たちに十分に恩返しできるようになるまで。
本当にそのときまで待っていてくれたら
彼らから受け取ったねぎらいや激励を
何倍にもして返せるような気がするんだ。

四季を１人の人と
生きていきたい

四季を１人の人と生きていきたい。

季節の変わり目に
気温が変わっても
心は変わらぬ人と
愛し合いたい。

桜のきれいな季節を一緒に歩き
暑い季節にはエアコンのきいた涼しい部屋で
一緒に１本の映画を気楽に楽しめる

肌寒い季節には互いがさみしくならないように
それぞれの胸元を差し出せて

吐く息が白くなるほど寒い季節には
コートのポケットにつないだ手を入れて
道端の熱々のたい焼きを買って分け合って食べられる人。

そんな人と特別な恋をしたい。
他人の目には特別なものなど見当たらない恋愛だとしても

お互いにとっては
世界中のなにより特別な
もしかしたらお互いの
小さな世界になってあげられる
そんな素敵な恋。

温かいねぎらいの言葉が必要なきみに

疲れた

1日の

終わりに

3

がんばったね、
本当に

十分にがんばった。

きみが今まで築き上げ
別れたどんな人間関係も

朝早くに起きて重たい体を引きずり
ときには食事もとらずにがんばってきたことも

もしやまわりに後れをとるんじゃないかと
心配しながら過ごしていた時間すらも

十分にがんばった
きみは。

すべての瞬間が
きみだった

ぼくのすべての瞬間はきみだった。

愛していたときも
傷ついていたときも
別れた瞬間も

きみはぼくの世界であり
すべての瞬間だった。

ぼくはもうきみなしでは
今までの人生を
説明できないかもしれない。

全力をつくす
時　間

多くのことが変わってしまったこのごろ。

周囲にいる人たちがずいぶん変わったし
歩こうとしている方向が反対方向になったりもしたし
連絡をくれる友人も今ではわずらわしい。
ぼくが顔を見せないあいだに積み上がっていたレンガが
姿を見せはじめたからだ。

世間知らずだったころは眼中にもなかった家族たちとの関係が
今では唯一の癒やしとなり
はるか遠くを眺めて自分に
面倒な質問を投げかけることが増えた。

今の暮らしが気に入らないというわけじゃない。
未熟だった部分もきちんと成長できているし
心から望んでいたことをかなえたり
ときにはあきらめたりもしつつ
自分なりになにかを少しでも成し遂げてきたんだから
これでいいんだって言えそうな時間を生きてはいる。

でも、１人でいる時間が長くなってきて
いろんな過去が恋しくなっているのが
一番大きな問題だ。

荒々しい言葉も容赦なく使って
友人たちと交わしていた無邪気な会話も。
若いという理由で暇さえあれば文句を言っていた家族との時間も
お金を稼ぐより友人たちと川べりで冷たい水に足をつけて
はしゃいでいるほうが楽しかった。
そんな過去が恋しくてたまらないというのが
このところ一番ぼくが苦しんでいることだ。

多くを失ってきたと痛感しているこの時間も
いつかは懐かしい過去になるのだろうとよくわかってる。

だからぼくは決心し、そしてまた決心した。

いつかは懐かしくなる過去に形を変えて
ぼくを苦しめるにきまってる今現在を
この空虚な現在を、もう一度充実させてみせると。

どうせいつか懐かしく思う時間ならば
未練で埋めつくすより
美しさの残った
懐かしむべき時間にしてみせると。

今現在にいつだって
全力をつくしてみせるってことだ。

変わらぬ
ぼくの世界

時間が「かなり」といっても不自然じゃないほど
早く流れているのは確かみたいだ。
すべて飲み込んだはずだと思っていたきみの痕跡を
見つけてびっくりするくらいなんだから。

実をいうと、きみと別れて以来、ラブソングを聴いていても
悲しんでばかりいる。
きみが酔った勢いでぼくの頭をやさしくなでてくれたときを。
きみがぼくに「誰かをこんなに好きになったのははじめてだから
絶対に泣かせないで」とかわいらしく脅迫してきたときを。
きみがあんなに好きだった海に向かうバスで
ぼくとおそろいの服を着て
ぼくの肩にきみの時間をあずけたまま
すやすやとよく眠っていたときを。
1日も欠かさずにかけ合った電話で
毎回お互いにどうしてあんなにも
話したいことがたくさんあったんだろうと
何時間も過ぎているのに気づきもしなかったときを。

だから、美しい歌詞で彩られたラブソングのせいで
あの愛おしい日々がフラッシュバックして
悲しくなってしかたないんだ。
わけもなく時間が憎らしく思えてくる。
こんなにちゃんと流れているのに
どうしてぼくの瞳に映ったきみのほほ笑みと
ぼくの世界に残ったきみの香りは洗い流されていかないのだろう。

きみをこれ以上不幸にしたくないと思って、その手を離したけれど
その代価としてこんなにも長いあいだ悲しんでる。残忍だ。
互いの時間を捧げて愛し合った仲から
1人が幸せになるためにはもう1人が必ず
苦しまなくてはならない仲になってしまったってこと。
どうか元気でいてほしい。
相変わらずかわいかったよ、少しうらめしくもあるけど
ぼくのそばで子どもみたいに
愛してると言っていたときよりずっと元気そうに見える。
パステルピンクをまとったような
きみの目元が、思いのほか春の気配をたたえているよ。

そう、もう愛じゃないから
きみは新しい世界で生き生きと輝いていて
ぼくは変わらぬ世界で
息を切らし、ひっそりと
きみのことを恋しく思っているから。

きみが笑うと
ぼくもうれしい

ぼくはね
きみが笑うのが好き。

きみが笑ってるのを見るのはいつだって新鮮で
それでいて、そのときの季節とは関係なしに

その瞬間を
誰かを愛するのに
ちょうどいい温度にしてくれるから。

恋しようと
思ってるんだ

恋をするというのは
誰かの心に自分の人生を刻むことだ。
そうやって刻まれた自分の人生はじきにその人の人生になり
まもなく互いにとってなくてはならない世界になる。
こんなふうに愛は、もっとも危険な試みであると
同時になににも代えがたい幸せでもあるということ。

だから恋をしようと思ってるんだ
できるかぎりの誠意をもって近づいていきたい。
中途半端な気持ちで幸せを探そうとすれば
後でやってくる暴風に心まで巻き込まれて折れてしまうから。

すぐに粉々になってしまう落ち葉を拾うみたいに慎重に
ときには正解を確信した問題を解くように自信をもって

そしてときにはこの人との出会いが
すでに予定されていた運命かもしれないと思いながら
大切に愛し続けていけますように。

　　　　　　　　　　　　　　　　誰かを愛し
　　　　　　　　　　まだ誰かに愛されることほど
　　　　　　　恍惚としていて奇跡に近いものはないから
　　　　　　　　　　　　どうか、その心を大切に
　　　　　　いつまでも互いの世界でいてあげられますように。

こうしたすべてを背負える丈夫な心と
こうしたすべてを背負いながらも
愛したい人と向き合えたら
そのときは喜んで目の前の海に身を投げてもいい。
それが小さくは幸せになることであり
大きくは今まで生きてきた人生や今の自分
そしてこれから生きていくすべての理由になるはずだから。

誰かを深く愛するということが。
誰かの深い愛になったということが。

きみに
感謝してる

階段がまるで水みたいに流れるように感じられる。
いや、錯覚じゃなくて、ただそういう感じがするってこと。
足を乗せただけなのに、なにかに乗ったみたいに
目をつむっているあいだに次の階に来てるんだ。

誰かのおかげみたいなんだけど
その「誰か」がはっきりしていることに
もっとどきどきしてる。

かさかさだった手のひらは
まるで湯がいたようにあったかくなっていて
ぼくが身を置いているこの場所は別の次元なんだ。

　　　　　　　　　　　ぼくの最近
　　　　　　　　　　　ぼくの季節
　　　　　　ぼくの全部になるような気がしてならない
　　　　　　　　　　きみに感謝してる。

今まで経験してきた死にたいほどの苦しみは
どれもみな、きみを包み込むためだったと気づかせてくれた
きみに心から感謝してる。

だから考えただけでも身を幾度もよじってしまう。
きみとぼくが一緒に溶け合う
はるか先の未来が待っているせいで。

人と向かい合って
みると

人と向かい合ってみると
言いたいことを
心の中で飲み込まなければならないときがある。

それがその状況では
最適だからではなくて

ただその人に
嫌われるんじゃないかと
怖いから。

傷つけ合わない
ためには

誰かとつき合うときに、一方的に切実な思いをぶつけるのは
いつだって一方に深い傷をもたらす。
縁というのは1人で努力して結べるものではないのに
多くの人が「あの子が自分をずっと好きでいてくれるから
自分はそれほど必死にならなくてもよさそう」と
安易に考えて、受け取るばかりになってしまう。
でも、これだけは肝に銘じておくべきだ。

自分に惜しみない愛情を注いでくれる人だって
いつかは疲れてしまうかもしれないことを。
あなたに背を向けてしまうほどに。

ぼくの
取り扱い説明書

ぼくはよく嫉妬するほうだと思う。
そのうえ自己肯定感まで低いときてるから、誰かとつき合うと
ついつい執着してしまう。ぼくとつき合う人にはほかの
誰でもなくぼくだけを見てほしいという気持ちと
ぼく以外のどんな人にも親切にしないでほしいという欲で
体中いっぱいになってしまう。

こんな願いは、自分勝手なんだろうとよくわかっているけれど
自分ではどうにもできないぼくの足りない部分を
相手があふれる愛情で満たしてくれたらという願いは
この先もなくならない気がする。

　　　　　　　　　だから
　　　　　きみがぼくに本気ならば
　　少なくとも本気で近づいてきたのならば
　　　　　　　　どうかぼくを
　　　　　心から大切にしてほしい。

ぼくが二度といびつな愛で傷ついて
悲しみに暮れるようなことがないように。頼むよ。

時間が残して
ゆくもの

「それでも今思えば、あの人はそんなに悪い人じゃなかった」

別れたとしても
もう他人になったとしても

時間はいつだって
相手のいいところだけを残しておく。

きれいな恋愛
というのは

きれいな恋愛というのは本当はそんなに特別なものじゃない。

ただ、お互いの好きな食べ物をわかっていて
お互いの好きな映画のジャンルをちゃんと知っていること。
カカオトークの口調を見るだけで今どんな気分かわかって
電話の声を聞くだけで今何をしているのかわかること。
恋人がほかの異性と話したり
SNSでメッセージをやりとりしているとき
愛情のこもったかわいらしい嫉妬をすること。

こうやってお互いが
お互いの日常の中に入り込み
ごくささいなことも、ともにすること
それが「きれいな恋愛」というものなのです。

見上げた空と
夕暮れ

日が昇ったからといってどれも早朝というわけじゃないと
言いはっていたきみが暮れる夕方。
そんなきみの見慣れた姿すらも遠くに感じさせる
このすべてをなぜ消さなくてはならないのかと嘆いて泣きたくなる
ぼくが浮かび上がる夕方。

あんなに力いっぱい鳴くセミたちも知りたがるぼくらの物語。
憂うつな夕暮れどきに暑くてもすぐには逃げられない
入道雲の静かな歩み。
ときどき激しく降り注ぐ雨にそっと洗い流したくなる
鱗みたいに固まった思い出と未練。
こんなぼくの姿はまるで
秋がやってくる音に、今から恐れをなして揺れる
木の葉みたいだな、木の葉。

きみは前だけを見ながら
生きればいい

今、きみのそばにいてくれる人たちに
心から感謝しなければいけないよ。

しょっちゅう会えなくても
いつだってきみの味方になって声をあげてくれる人。

きみを憎む人やきみが憎む人に
大切な感情を無駄づかいせず

自分を信じてくれる人に応えることを考えて
自分の人生だけを見つめながら一生懸命生きればいいんだ。

すごい人

今日大変だったことが
明日になったからといってすべて大丈夫にはならない。

この世にはぼくらの常識では
説明のつかないことがたくさんあるからだ。

でも、こんなにめちゃくちゃで勝手な世の中を
しょっちゅう悲しみ
ときどき笑いながら
耐え抜いているあなたは
もしかしたら本当にすごい人なのかもしれない。

あなたは、本当にきれいで
素敵な人

あなたは、本当にきれいで素敵な人です。

ひどい恋愛に傷つくにはあまりにももったいない
ろくでもない人に疲れるには
あまりにももったいないという意味で。

人はみなそれぞれ
自分だけの魅力を持っています。

その魅力を時と場所に合わせて
うまく表現できるかできないかで
人の見方が変わってくるだけ。

あなたは
とても魅力的なのに
それを見せる方法を
よくわかっていないのです。
他の誰よりも
きれいで素敵な人であることは確かなのに。

　　　　　　　　　だから、これからは
　　　　　　　もう少し自信をもってください。
　　　　　もう少し堂々としてもいいんです。
　　　　自分で自分の価値を下げないでください。

あなたが苦しんでいることに胸を痛めている人がきっといて
魅力を見抜いている人だってきっといて
すでにあなたを好きになっているかもしれないのです。

自分のせいだと責めるより
自分を心から褒めてあげられる
そんな人になってほしいと心から願っています。

ものすごく
愛してみようと

ものすごくかわいいので気に入って
ものすごく気に入ったので好きになり
ものすごく好きになったら愛するようになってた。

だからこれからは、ものすごく愛してみようって

ぼくが、きみを。

もしかしたら、
魔法

ぼくが心から本気で
愛を差し出せる人からは
理由のわからない、なにかいい香りがただよってくる。

もともとその人がいい香りなのか
ぼくがその人のすべてを好きだからなのかは
よくわからないけど

ひとつだけ確かなのは
愛という感情に真実の心が混ざると
言葉では言いあらわせない魔法みたいなものが
ごく当たり前のように起こるってことだ。

ささやかな
感動の重要性

彼女にささやかな感動をしょっちゅう味わわせてあげてください。
必ずしも記念日じゃなくてもいいのです。
むしろ特別な日じゃないときに
思いがけないものを受け取ったときに大きな感動があるから。
デートの日、約束の時間よりも少し早く出かけて
その日の雰囲気に似合った花束を用意してみてください。
その花を受け取った彼女の顔に、花とは比べものにならないくらい
かわいらしいほほ笑みが咲くはずです。
高価なものを渡すよりも、心をこめて書いた手紙を
1通渡してみてください。字が下手でも大丈夫。
愛する気持ちは字に出るのではなく、その手紙を書いているときに
何を書こうかと悩み努力する姿に現れるのですから。
もちろん、高くていいものを嫌がる人はいないでしょう。
でも、もらったときの感動が大きいのは
断然、心のこもった贈り物のほうだと思います。

千両の借金も言葉ひとつで返すという言葉があります。
彼女にはいつもやさしい言葉だけを伝えてください。
愛してると言いすぎると

慣れてしまうというのは間違った言い伝えです。
恋人にささやく愛してるという言葉は、いつだって正解なのです。

だから
愛してるという言葉とありがとうという言葉は
絶対に隠さずに口に出してください。

それから、恋愛をしていると傷つくこともあるでしょうし
ムカッとするあまり
大きな声を出して怒りたくなることもあるでしょう。
でも、そういうとき
かっとなって怒ってしまわずに
まずは落ち着いた口調でなだめてください。
彼女も心から申し訳なく思っているし
あなたを心から愛しているなら
あなたのそんな態度に感動して、二度と同じような失敗で
あなたを苦しめたりしないはずですから。

覚えておいてください。
ときにはささやかなことが
一番大きな愛情表現になりえることを。

春よ、
きみに似た

春だ
愛する人が
さらに
愛おしくなる
季節。

ぼくがきみを
愛する方法

愛する人が
会いたいと駄々をこねれば

理由などおかまいなしに
一目散にかけつけるのが正しい。

それが、ぼくがきみを愛する方法だよ。

ぼくにできる
一番の恩返し

きみはぼくが世間に押さえつけられて
背伸びひとつまともにできないでいるとき
後ろから温かく抱きしめてくれる人なんだ。

自分の状況を言い訳にしてきみを遠ざけたぼくのもとに
何度もやってきては抱きしめてくれた人で。
もう二度と勝てないような気がしていた世界で
堂々と立っていられるようにしてくれて
光ひとつない暗闇だったぼくの真夜中を
真昼のように明るくしてくれた人。

そんなきみとの今が、まだ夢みたいだよ。

愛というのはもともと
その温度をどれくらい維持できるか誰もわからないし
推しはかることすらできないというけれど

ぼくらの愛はおそらく
永遠よりももっと広い意味をもった言葉だけが
形容できるような気がする。

だから１日も早くこの夢のようなシーンが
どれも現実なんだと受け止めて
きみにぼくのすべてを捧げるべきだと思ってる。
それがきみを愛するぼくと、ぼくを愛するきみが
一生愛し合っていける一番の方法だって
あまりにもよくわかっているから。

今のこの幸せを忘れずに
全身全霊できみを愛す。
約束するよ。

ぼくの隣にはいつだって
きみにいてほしい

ぼくの隣にはいつだってきみにいてほしい。

観たい映画を一緒に観られる人が
SNS に紹介されたおいしいお店に一緒に行ける人が
わけもなく憂うつな夜を一緒に分かち合える人が

これからもずっときみだったらいいなと思う。

さみしさが積もり積もって口げんかになっても
きみじゃない誰かとけんかするのは嫌だし
互いの違いを受け入れ努力して合わせていくのも
きみじゃない誰かじゃだめなんだ。
頭の中で描いた未来に
きみじゃないほかの人が入ってくるのは嫌で

ぼくがしようとしていることを
信じて応援してくれる人は絶対にきみじゃないといけない。
今までみたいに
信じ合い、支え合いながら
これからもずっと2人で幸せでいたい。

一度、きみと別れることを想像してみたけど
想像するだけでも大きな喪失感があった。
だからぼくはそれ以来、ぼくらの関係に
もっと努力をしようと思った。
きみもぼくと同じようなことを思っていてくれて
きみも2人の関係に真実の心を注いでくれたらと願う。

だから、ぼくは

このぼくの願いや悩みの対象は
夜通し愛情をやりとりする相手は

きみであってほしい。

つつしみの
ない愛

ぼくらのぎごちなさは美しいと錯覚しよう。
錯覚だとしても間違いないと確信しよう。

そうやって自分自身をだまして、最後はその嘘を真実にしよう。
ぼくらはそうやって愛し合おう。分別がなくたっていい。
愛は絶対に計算できるようなものじゃない。
ぼくらは平凡さから抜け出そう。
いや、できるかぎり平凡さの近くで特別でいよう。
無鉄砲だったり、立ち止まったり、背を向けたりもしよう。
もし、この関係の終わりが見えそうになったら
目をぎゅっとつむってしまおう。

そう、そうやってぼくらはこの世で
一番つつしみのない愛を分け合おう。

けんかしても、
背を向けたりしないようにしよう

ぼくらはけんかしても、互いに背を向けたりはしないでいよう。

けんかして相手のことが憎らしくなっても
一瞬だけで、すぐになにもなかったように
またお互いを思いやろう。

ちょっと憎らしかったことを
いつまでも根にもったりしないようにしよう。
一瞬通り過ぎた冷たい風だと思って

2人で最初に約束したように、永遠に一緒にいよう。

運命に
出会う確率

人生にはたくさんの機会が
音もなく訪れては
静かに去ってゆく。

そのなかで運命的な愛に
出会えるチャンスは
ごくわずかに過ぎなくて

その貴重さに気づいて
きみという運命をつかんだぼくは
もしかしたら世界で一番幸せな人じゃないかと思う。

人生の
決定権

なぜ、きみの人生の決定権を
きみじゃない、ほかの誰かの手にゆだねるの。

きみの人生はきみが決めなさい。

なんであれ自分の心のおもむくままにやれば
仮に後悔したとしても、満足はできるはずだから。

誰だって
そう

笑う日があれば泣く日があって

胸がいっぱいになる日があれば

心が冷たく冷えてしまう日がある。

このことに関してだけは

どんな人にも例外はないはずだよ。

今だけ
だよ

今だけだよ。

今だけ雨が降って悲しかっただけで
今だけ雪が降ってかじかんだだけで
今だけ夜になって真っ暗になっただけさ。

もうじき雨がやみ空は晴れわたり
もうじき雪はやみ暖かさを取り戻し
すぐにまた別の素敵な朝が明けるんだ。

なんてことない。
本当に今だけなんだから。

この世のすべての
美しさをきみに

なんだか目に見えるものすべてが大切に思えること。

晴れた空が、その空の入道雲が

その雲のあいだの太陽の光まで全部美しくなること。

それが愛というものだから。

そのままの「口調」で
いてください

そのままの「口調」でいてください。
あなたがなにげなく、ぶっきらぼうに言い放った
その冷たい口調の言葉が
相手に思いのほか大きな傷を残すこともあるのですから。

実際に口調が変わったということは
それだけ愛情が
冷めたということです。

だから、時がたっても基本的な口調を変えないでほしいのです。
変わったのはあなたの口調ひとつかもしれないけれど
相手が受け取る痛みや不安は
決して軽いものではないでしょうから。

冷たい夜

「明日は幸せになれるだろう」
という言葉がむなしくなるくらい
明日も特別なことはない１日だとわかっているけど
それでも幸せだったらいいのにと期待して
眠りにつく今宵。

心配ごとがたくさんありすぎる
近ごろの夜。

ぼくら最近
けんかばかりしてない？

つき合いたてのころはほかのカップルと同じように
愛してるって伝えるのに忙しかったよね。
どちらかがなにか間違いを犯しても、大丈夫だって
これから気をつければいいんだって
ちっとももめたりしなかったし。

それなのにさ、最近のぼくらはちょっとおかしいと思う。
一度大げんかしてからというもの
本当にささいなことですぐに顔を真っ赤にしてさ
大声で言い合うこともよくある。

ぼくが今もきみのことを大好きなのは間違いないし
きみだって絶対ぼくのことを好きにちがいないのに。

長いあいだつき合っていると、ときめきよりも慣れのほうが勝って
互いに鈍感になることってあるらしい。
ぼくは、2人が慣れすぎてしまって、リラックスしすぎて
互いへの気づかいが足りなくなってるんじゃないかと思ってる。

でも幸いなのは、ぼくらはけんかしたからといって
いつまでも引きずらないところ。
すぐに仲直りしてまるでなにもなかったみたいに
また笑っておしゃべりして幸せにやってるんだから。

だから、ひとつだけ約束しよう。
いくらしょっちゅう言い争って疲れてしまったとしても
絶対に別れようなんて口にしないって。

今のこの「居心地のよさ」を
愛じゃない、って
錯覚しないようにね。

いくら慣れてしまったといっても
長いあいだ別々に生きてきたんだから
すべてが合うはずないよね。
けんかしたとしても、けんかだけで終わりにしないで
お互いを理解していくプロセスだって思おう。
ぼくはきみのことが大好きなんだ。
きみもぼくのことを大好きなら
同じように考えていてくれるといいんだけど。

ぼくらはちょっとけんかしたくらいで別れるような
愚かな人間にならないようにしよう。

嫌われたくないばかりに
怒り方を忘れてしまった

ぼくは怒り方を忘れてしまった。

ある瞬間から、誰かに怒りがわいても
怒れなくなっている自分に気がつくことが増えた。
子どものころは、怒りがわけば怒って
泣きたくなれば思いきり泣いてしまっていたのに
ある程度年を取ってからというもの
そういう感情をなかなか表現できなくなった。

どうして変わってしまったんだろう、と
よくよく考えてみると
結局は「誰かに嫌われたくなくて」
という理由が一番大きい気がする。

ぼくがものすごく怒れば、相手から嫌われるに決まってるし
それは絶対嫌だから。ぼくは嫌われながら
自分の仕事をちゃんとやれるほど強い人間じゃないと
よくわかってるから。

だから、怒らないことに慣れてしまううちに
いつのまにか怒り方を忘れてしまったのだろう。
自分でも気づかぬうちに少しずつ……。

ぼくらの
人生

ぼくらの人生は
心のおもむくままに生きていくだけで
それが一番正しい道になっていくのです。

それほど分厚いポケットじゃなくても
買いたい服を気兼ねなく買えて
食べたいと思っていたものを躊躇せず
そのときそのとき食べてみるべきです。

誰かに怒りを感じたら
バカみたいに我慢したりせずに
なぜ気分を害したのか
はっきりと口にするべきです。

やりたくないことは
無理やりやらなくていいし
本当は好きじゃない人にわざわざ
自分の時間を割いてまで
会う必要もないのです。

後になって後悔しないよう
愛する気持ちはそのときそのとき伝えて
恋しい人がいるのなら、その恋しさをすべて表現しながら
生きていってもいいんです。

そうでなくても一度きりの人生なのだから
くやしさや未練ばかりで
大切な人生を誰かの目を気にしながら
苦しみながら生きていくなんて
あまりにもさみしくて孤独な人生でしょう。

だから胸を張って堂々と前に向かって歩いていってください。
あなたはあなたが思うよりもずっと素敵な人なのだから。

持 ち 主 を
失 っ た 記 憶

今もまだぼくの過去の記憶の中で
きみがゆったりと泳いでいるせいで
相変わらずきれいな姿で
ぼくの一瞬一瞬の中で生きているせいで
きみを忘れられない。

もし
あのころの記憶をみな消してしまったら
きみは持ち主を失った過去の中に
永遠に閉じ込められて
1人でさみしくないだろうかと心配になるから。

きみのことが本当に憎かった。

運命の人と出会っておだやかな心を手に入れることが
どれほどむずかしいか
痛いほどわかっているからこそ。

かつてきみはぼくの運命だと
確信していたからこそ。

別れの
理由

別れにおいてだけは
どんな言い訳も許されない。
どんな理由をつけようと
自分は正しかったと責任を転嫁しようと
結局は互いを
愛する必要がなくなってしまったせい。

きみはぼくから遠くへ逃げてばかりだったし
ぼくもまたそんなきみを
つかまえておく理由を見つけられなくて
そうやってぼくらは
ギスギスした別れの瞬間を迎えた。

別れた直後はそのことを認められないぼくと
いつかはこうなると思ってたという表情のきみが
本当に同じ時間や空間にいた人なのだろうかと思った。

なにもかもが違いすぎたのに
ぼくらはなぜ、いつまでもあんなに
傷つけ合ったのだろう。

素早く流れていく真っ黒い雲を見ながら
もうじき雨が降るだろうと気がついてもいたし
しかめっ面のまま、とぼとぼ歩いていく人を見ながら
あの人の今日という1日は
めちゃくちゃだったのだろうと知りながら
一番近くに、身近にいる人の心が冷めていることに
なぜ気づかなかったのか。
いったい、どうして……。

そう、別れるなんて考えたことすらなかったようなぼくらの姿は
結局はつくりものにすぎず
本当の姿はただ「もう互いを愛していない」だった。

人 に 、 恋 に 、 傷 つ い た き み に

さ よ な ら

ぼ く の す べ て の

瞬 間

4

きみのことが好きで
不安なぼく

きみのことが好きすぎて不安になる。

きみがぼくに飽きて去っていってしまうんじゃないかって。
きみはそんな人じゃないとよくわかってるのに
不安になるのはどうしようもないみたいだ。
ぼくの目にはきみがこの世の誰より素敵できれいだから
ほかの人たちの目にもそう見えたらどうしようって。

こんな不安をきみに話したところで、執着してると思われそうで
なかなか言い出せないよ。
きみのおかげで十分に幸せなこのごろだけど
1人の人をこんなにも好きになれるのかなと思うくらい
心までポカポカのこのごろだけど
きみのことが好きすぎて不安な近ごろではあるよ。

ひとつだけ望むことがあるとすれば
きみもぼくのことを同じくらい好きだって
確信をもてたらいいのに。

それさえ、それさえかなえば
ぼくも心おきなく
きみを愛することに専念できる気がする。

もう一度立ち上がる
ことにしよう

今日何千回も転んだからといって
いいときなんて一生やってくるわけないと
自分を責めないでください。
転んでケガをしたとしても
その傷が癒えたら、なにもなかったように
また前に進めばいいんです。

訪れるであろう幸せを待ちながら
その幸せがやってきたとき
心から受け止められるよう
しっかり準備をしておけばいいんです。

大丈夫。
ぼくたち、もう一度立ち上がることにしよう。

恋をすると
不思議なほど似てくる

恋をすると互いに不思議なほど似てくる。

男女が本気で恋に落ちると、時がたてばたつほど
不思議なほどお互いに似てくる。
最初は「ここは自分と違うな」と思っていた部分も
いつのまにか似てきて、周囲の友人たちからも
「おまえ、だんだん彼女に似てきてないか？」
と言われるようになる。

もともと人は
誰かを本気で好きになると
その人の行動や口調を
自分でも知らぬうちに真似するようになる
本能があるという。

恋愛をすれば、一緒にいる時間が増えるし
２人で話す時間も増えるからだろう、と思ってみる。

だから、もし、自分が恋をしていて
それと同時に自分も知らぬまに相手の行動や口調をまねていたら
それはその人のことを心から愛してるという
れっきとした証拠になるだろう。

同じように、自分が本気で愛しているその人も
あなたの行動や口調にじょじょに似てきていたとしたら
それは本当に運命か奇跡といってもいいくらいで
そんなチャーミングな恋人同士のことを
「とてもお似合いのカップル」と呼ぶべきなんだろうと思う。

元気にしている
だろうか

「元気？」

きみにそう尋ねたい気持ちを何度飲み込んだか知らない。
酒を飲んだわけでもなく
誰かからきみの話を伝え聞いたわけでもないのにさ。
でもこのところ、どういうわけか、きみの
メッセージが
きみの電話が、ものすごく恋しい。
ぼくらが別れて今日で半年と少しがたったけど
ぼくはまだ別れたことを認められないでいるみたいだ。
そうじゃなけりゃこんなにもまぶたにきみの姿が
はっきりと残っているはずがないだろう？

つき合いだしてひと月たったころだった。
きみはぼくの目をじっと
見つめながら言ったよね。
「目元に泣きぼくろがある。だから涙もろいのね。
こうして見てみるとすごくきれいな目をしてる」

きみの言葉にぼくは恥ずかしさのあまり
まるで酔っぱらったみたいに
赤くなったほおを手で隠さないとならなかったっけ。
でも今は、あのときのきみの言葉が
記憶から消してしまいたいほど憎らしいよ。
毎日トイレの鏡を見るたびに、ふと目の下にある
このほくろを見つけるたびに心が折れてしまうから。

きみがいつだったかぼくの部屋に置いていったイヤホンにも
きみがくれた小さな鉢植えにも
きみがぼくの本棚に置いていった難しい小説にも
きみの痕跡がしみついてる。どれもさっさと捨てられず
やすやすと取り出すこともできない自分のことが嫌になる夜。

                              きみのほうはどう？

きみがいつも電話をかけてくれていた時間に
何をして過ごしているのか。
きみは会社から家に帰る道すがら
いつもぼくと通話をしていたけど、その静かな時間に
何をして過ごしているのか、気になってしょうがない。
ぼくのことを心配してくれる人がいると
いつも大丈夫だと言い張って、その手を払いのけたりして。

別れて半年もたってるのに何言ってるんだよと、怒ってみたり。
本当は心の中はそうじゃないのに。
半年どころか、このままじゃ1年たっても
平気になれそうな気がしないというのに。
どうしてぼくは、別れたくせして
つまらないプライドひとつ捨てられず
いまだにきみを忘れられないのだろう。
なぜぼくらが別れた理由を認められず
未練がましく離れたところで苦しんでるんだろう。
こんな自分が心底うらめしくなる。

まだ、いい人と出会えよ、なんて偽りの応援はできそうにない。
まだ、ぼくがまたきみのいい人になれるかもしれないという
幸せな夢を見ているのかもしれない。
もちろん、二度と戻れないってことはよくわかっているけど
ときどき、本当に、本当にときどき
ぼくを見てよく笑っていたきみの顔が恋しくなる。
こんなにはっきりと浮かぶきみの笑顔に
この手でもう一度だけ触れられたらどんなにいいだろう、と
苦笑いしているぼくだよ。

今日にかぎって無性にきみに会いたい。
今さらこんなこと言ったってどうにもならないけど
ほんとにごめん。いつも無条件にぼくの味方でいてくれた
きみを傷つけてごめん。今はまだ自分の苦しさばかりで
こんなときにぼくの隣にいてくれないきみをうらんでいるばかりの
自分勝手なぼくを許してほしい。

きみはどうかわからないけど
ぼくは今も
相変わらず奇跡を望んでいる。

この当てのない待ち時間がいつまでぼくを苦しめるのか
わからないけど、きみとの再会をひそかに待ち続けてるみたいだ。
だから、そのときまでは落ち込まないで幸せでいよう。
ぼくらがまた偶然の力を借りて出会い、またお互いを見て笑える
その瞬間がくるまでは、全力で幸せでいよう。
これがぼくの全部で、世界だったきみに伝えたい言葉なんだ。

一生、伝えられないかもしれないぼくの心でもあるけれど。

傷ついたぶんだけ
強くなれるように

誰かに捨てられて
そのまま弱っていくばかりの人がいれば

そのつらさを踏み越えて立ち上がり
強くなる人がいる。

きみには絶対に後者であってほしいと
心から願う。

誰かが大丈夫だと
言ってくれたら

なんでもいいから
誰かが大丈夫だと言ってくれたらいいのにと思っているあなたに
ぼくがそういう人になってあげたい。

愛する人と別れてむなしい気持ちでいるあなたに
大切な友人に裏切られ傷ついているあなたに
目標を達成できずに落ち込んでいるあなたに

絶対に大丈夫だと
すぐに過ぎ去ると
なぐさめてあげたい。

あなたが必死で探していた「誰か」になってあげたいと思うんだ。

きみは、かなり
魅力的な人だから

きみが毎日のように誰かを

恋しがるのと同じように

きみのことを恋しく思う人がいるはずだよ。

きみも誰かにとっては

虹を手渡したいくらい

好きだった人なんだよ。

傷に意味を
もたせてはならない

大切に思っていた人にひどく傷つけられたら
その傷をそのまま受け入れ、運命が定めたとおりに
痛みを感じるべきだ。

心の傷も体にできた物理的な傷となんら違わない。
傷ついたとき、まわりの人たちのなぐさめの言葉は
ほんの少しだけ早く傷が癒えるようにしてくれるだけで
完全に癒やすことはできない。

だから、まず自分自身が自分の味方になってなぐさめ
いたわり、抱きしめてあげなければならない。
そしてごく平凡に流れていく時間にまかせるしかない。
体にできた傷と同じように。

ありがたいことに時が過ぎ、心の傷が癒えて
それでも残ってしまった傷跡を見たら、心に決めるべきだ。

「二度と
同じ場所に
同じ傷を
残さない」

それでいいのだ。

傷ついて、時が流れその傷が癒えて
ちょっとした傷跡が残ったこと。それがすべて。
その傷にそれ以上意味をもたせて
わざわざつらい思いをする必要はないということ。

ただそのときの痛みを記憶し、二度と同じような恋をして
同じような傷を負わなければいいんだ。

今はもう
他人になってしまった恋人へ

今はもう他人になってしまった過去の恋人へ。
すべて悪かったと謝りたい気持ちもある。

最初に約束したみたいに、ずっと愛してあげられなくて
最後まで深く傷つけて背を向けてしまって
その後、会いたくなったと
一度だってきみのところへ行こうとしなかったこと。
本当にごめんという言葉で、そのまま許してもらいたくもある。
だからときどき、本当にときどき、こんな申し訳ない気持ちで
1日を過ごすこともあるんだ。

それでも幸せな時間だったと。

そう言いたい気持ちもある。
いくら今は別れてしまった取るに足らない思い出だとしても
あのとき、あの時間だけは、後悔のない
心のすべてを捧げた日々だったのだから。
あの小さくてかわいい手を握るだけで

数日間の苦しみが消しゴムで消したみたいに
きれいに消え去ったものだったから。

あんなにうっとりするような瞬間で満ちていた日々だったのに
どうして別れたというだけで
そのすべてを真っ黒に塗ってしまえるだろう。
今でも、あのときのぼくは本当に幸せだったな、と
そっとほほ笑むときがあるよ。
でももう偶然でも会ったりはしたくない。

ぼくらの最後は二度と思い出したくないくらい
むごいものだったから。
誰にも知られたくないくらい見苦しい別れだったから。
別れた後もはっきりと描けるあなたのシルエットを
必死で見ないふりをしようと
ありとあらゆる努力をして痛みに耐えていたぼくだったから。

ほかにも数えきれないくらいの否定的な理由のせいで
ぼくはもうあなたの顔を見たくないんだ。
もうぼくにはあなたの居場所はないから
偶然でもすれ違うようなことがないといいと思ってる。
あなたもぼくのせいで、同じくらいつらい時間を
耐えてきたのならわかるはずだよ。
ぼくがなぜこんなひどいことしか言えないのかを。
だから、ぼくらは同じ空の下で生きているんじゃないみたいに。
同じ季節を過ごしているんじゃないみたいに。

　　　　　　　　ぼくが12月を過ごしていても
　　　　　　　あなたは6月を生きているみたいに
　　　　　　　そんなふうに正反対に生きていこう。

それがぼくらがお互いから離れたところでも
また幸せになれる唯一の方法なんだから。

別れの後、
感情の変化

別れの後に流れる時間はとても不思議な気がする。

あのときはあの人がなぜ自分を捨てたのか理解できなかったのに
時間がたった今はあのときなぜあんな人を逃すまいと
意地になってしがみついていたのか理解できない。

今思えば
手を放して本当によかった人なのに。

ぼくが
恋しいのは

たぶん、ぼくが恋しいのはあなたじゃなくて

あのときの雰囲気なんだよ。過ぎ去った季節みたいなもの。

いっそのこと
きみから抜け出そう

いっそのことぼくのほうから
連絡を絶ってしまうほうがいいと思った。

どうせきみはぼくがどんな選択をしようと
ちっともかまわないんだろうから
ぼくは今のこの無人島みたいな愛の中から
1日も早く抜けだしたいという気持ちしかない。
きみは、ぼくがきみからの連絡を
待ち焦がれてるなんて思いもしないのか
1日半以上も連絡が途絶えることも日常茶飯事だったよね。
それに、以前はどこかに行くなら行くと
きちんと話してくれていたのに
きみは、ぼくも知らないうちに友だちと
旅行に出かけてしまったじゃないか。

きみは、きみが
ほんとにひどいことをしているって
少しはわかっているのだろうか。

今日にかぎって、声が聞きたくてたまらなくてかけた電話を
きみがとらなかったとき
ぼくの感じた喪失感をきみは少しでもわかるだろうか。
今はもう、愛という仮面をかぶって
ぼくを飲み込もうとするこの地獄から抜け出したい。
心からそう願ってる。

ぼくをあんまり憎まないでくれよ。
いや、きみにはぼくを憎む資格すらない。
きみはぼくらのはじめての大切な約束を容赦なく破り
その破られた約束を継ぎ合わせる気は
もうぼくにもないのだから。

結局、2人の関係はぼくのひとりよがりで終わってしまったね。
別れすらもぼく1人のものみたいで、胸がふさがれそうだけど
未練はもたないつもりだよ。
そしていつか、きみがぼくのいた場所が恋しくなって
ぼくを必要とする日が来たらいいのにと思う。
そのときはもう遅いってはっきりと言ってあげるつもりだよ。
きみもそのときになったら今のぼくと同じくらい苦しめるように。

　　　　　　　　もう本当に終わりだね、この愛も。

いい縁

疲れ切った関係にしがみつかないように。
いい縁というのは、待たされることもあるけれど
きみが疲れ切るまで放ってはおかない。

香りで
記憶される人

こんなふうに突然肌寒くなった夜の空気に
いろんなことが思い浮かんでくるのをみると
香りだけでも記憶される人っているんだなと思う。

たぶん似たような季節だった。

あんなにも愛した人や
あんなにも憎んだ人のこと。

自分だけ小さく
思えるとき

自分だけ小さく思えるときがあるでしょう。

自分だけやたらのんびりとした人生を生きているような気がして
同い年の友人たちがステップアップしていくのに
自分ひとりが１カ所に留まっているような気がして。

> そんなふうに感じるときほど
> もう一度
> 自分自身を信じると
> くり返してみてください。

根拠のない自信もいい。
いつかあの人たちよりも
ずっと大きな人間になってみせると。

今の自分が小さく思えるのは
ただ、準備期間がほかの人よりもちょっと長いだけだって
自信にあふれた言葉を思い浮かべてください。

　　　　　　　　　　他人より遅れているからといって
　　　　　　　　自分の人生が台無しになるわけじゃないし。
　　　　　　　　　　その人たちが自分より
　　　　　　　もっとたくさんのことをしているからといって
　　　　　　　　これからの自分の仕事が消える
　　　　　　　わけじゃないのはなおさらのことだと
　　　　　　　　　　理解しておくべきです。

心配しないで。
あなたにはこの先、彼らよりも幅広い選択肢があるだろうし
その人たちより失敗から学んだり、成功して達成感を
得るチャンスがもう少し多めにあるのですから。
今この瞬間をあまり憎まないでください。

いつか、今のこの瞬間が
これからの大切な土台になってくれるはずですから。

来ることのない
連絡

ぼくたちは関心のない人と連絡を取り合うほど
余裕のある日々を送っているわけじゃないので。

その人があなたに連絡をよこさないのは
その人の人生の中にあなたが入り込む
余地はないということなんです。

来ることのない連絡を待ち続けるには
あなたの瞬間は大切すぎます。

つらい
気持ち

ひとりきりでひどくさみしい思いをしていますか。
再び立ち上がれそうにありませんか。
涙は止まりそうもないですか。

それなら、今までおざなりにしていた
大切な人に会いにいき
その手をつかんでください。

その瞬間、嘘みたいに
全身が温かくなるはずですから。

この愛に
後悔はない

こんなに素晴らしいことってあるだろうか、と
思うくらい恍惚とした愛だった。
そのぶんだけ、冷めていく過程は苦しかったし
あらゆることへの対価でも払うように
胸が引き裂かれる別れだった。
その別れを受け入れるには嘘みたいに長い時間がかかった。
愛し合った時間の感覚と別れた後の時間の感覚が
あまりにも違ったから。
1人の人、同じ人へ抱く感情なのに
まったく理解できないほど、その感覚や感情は違っていたから。

そうやって時が流れ流れて
あらゆる感情が淡々としてきたころ
こんなことを思った。

この恋と人は
絶対に無駄なものじゃなかったんだと。
もう少し素敵な恋と
もう少し素敵な人に会えるための
厳しいレッスンだったんだ。

おかげでぼくは少しぶっきらぼうになったけど
もっと強い人になれたからよしとする。
二度と愚かな心で人を愛したりしなくなったから
それで十分だと思ってる。

もうその人のことが憎くないし、もちろん好きでもない。
ただ、過ぎ去りし日にしばし向き合った人にすぎないと。
だからあの人ももうぼくを憎むのはやめにして
一瞬通り過ぎた季節ぐらいに思ってくれたらいい。

そう、そのぐらいがちょうどいい。

あのときの
すべて

もう、あの人のことはちっとも、もったいなくなんかない。

だから、ぼくが今こんなに
胸がしめつけられそうに恋しいのは
あのときのあの人のことじゃないんだ。

あの人を除いた
あのときのあらゆることが恋しいだけで。

あのときのぼく

あのときの季節

あのときの感情

そのすべて、全部。

すべて
だった人

こんな人がいる。

一度でいいから顔を見られたら幸せなのにと思いながら
同時に、1日でも早くすべて忘れてしまいたい人。

思い出すだけでもつらくなってくる人。

だからといって、すべて忘れるには
思いがあふれすぎる人。

きみはさ

きみはさ。
前向きなエネルギーがあるから
うまくやれるはずだよ。
人の心をくすぐる
素敵な魅力があるから
十分に幸せになれるだろうし。

ぼくの知るきみは
絶対に
たくさんの価値をもっているから。

自分のあやまちを
認められる人

恋愛は自分のあやまちを
すぐに認められる人とするべきだ。
なにかと無理な言い訳をして
最後まで自分のあやまちを認めない人ではなく
愛する人の前でなら
ある程度折れることも
まったく意に介さない人と。

そうかといって無条件に意味もなく
ごめんねばかり並べたてるんじゃなくて
すねた恋人が納得できるように
やさしく状況説明をしてくれて
心のこもった美しい言葉で謝れる人。
そういう人じゃないといけないよ。

さみしさを語ったぼくに
きみは

きみがいつも口癖のように言ってたよね。

「さみしく思うことがあったら隠さないでなんでも話して」って。

その言葉を信じてぼくがさみしく感じたことを話すと
いつもきみは怒ってもっとぼくをさみしくさせた。

それが理由だよ。
ぼくがしょっちゅう自分の心を隠して
最後には結局ぼくらは別れることになった。

いっそのこと
知らないほうがよかった

いっそのことなにも知らないほうがよかった。
偶然知り合ったきみのことをぼくが好きになったということを。
そんなきみもぼくに好感をもったということを。
それでぼくらがつき合うことになったということを。
そうやって幸せだったぼくらがけんかするたびに
きみはぼくに傾けてくれた心を少しずつ取り戻していったことを。
そして結局、きみがもうぼくのことを
好きじゃなくなったという恐ろしい事実も。

だから
きみという人
その存在じたいを
そもそも最初から知らなかったら
本当によかったのに。

どうしてよりによってこんなにたくさん人がいる中で
きみと知り合い、好きになって愛して、こんなにつらい別れまで
迎えることになってしまったのかわからない。
ほかの人たちは、別れても時間が過ぎれば
どれも美しい思い出にしているというのに
ぼくは絶対に無理だ。
少なくともきみという人に「美しい」という修飾語をつける
そんな狂ったことはとてもじゃないができないと思う。
幸せという言葉も使わないよ。

きみはぼくに偽りの愛を注ぎ、心から愛しているようなふりを
していたその罪を、この先もずっとつぐなわないといけない。
どうか、今のぼくよりも何倍もつらい思いをしてほしい。
きみも本当に愛していた誰かにいつか残忍に裏切られればいい。

ありがとう
ぼくにもっといい人と出会う機会と資格をくれて。

今度は別れない
恋がしたい

今度は別れない恋がしたい。

瞬間ごとに、別れることになるんじゃないかと
怖がらなくてもいい恋愛のことだ。
恋愛初期のあふれんばかりの愛情が続くことを
望んでるんじゃない。
男女の仲をいつまでもときめきという感情で
包み込んではいられないことぐらい、ぼくだってよくわかってる。
ぼくはただ、ときめきという感情の次に当然浮かんでくる
「慣れ」を大切に考える恋愛をしたいって
いうだけなんだ。

だから、その居心地のいい慣れを大切に考えている人と
長く深い恋をしたいってことなんだ。

おとぎ話
みたいな愛

結局、恋愛というのは
恋愛に求めるものと価値観が
似ている者同士でないといけない。

誰だっておとぎ話みたいなラブストーリーの
主人公を夢見るけれど
互いに自分の考えているストーリーが
正しいと言い張ると

必ず片方は
悪役になってしまうから。

彼女の不安を
そのままにしないで

彼女がいつもと変わらず他愛のない話をしていても
突然、自分の不安を打ち明けることがあると思います。

たとえば、あなたが突然心変わりして
どこかに行ってしまうんじゃないかと不安だとか
あなたが自分よりもきれいな女の人に
一目ぼれしてしまうんじゃないかと心配になるだとか
さまざまな理由があるでしょう。
もし彼女がそういうことを言ってきたら
深刻に受け止めていないようなそぶりを見せてはいけません。
どこにもいかないから心配しないで、と伝えることは
ぼくの目にはこの世できみが一番かわいいから大丈夫だよ、と
伝えることはそれほど難しくないはずです。
たったそれだけの言葉を伝えることが面倒で気恥ずかしい
という理由で彼女の不安をそのままにしておかないでください。

　　　　　　　　　　もちろん、彼女が
　　　　　何度も同じような理由で不安がるのなら
　　　少しうんざりして、面倒くさくなるかもしれません。

どちらにせよ、すべてはあなたを愛してるからなんですよね。
理由はなんであれ、どれも愛情ゆえの不安なんです。
このせちがらい世の中で、あなた1人を見つめて
好きでいてくれる人がいるというだけでも
心から感謝すべきことなのに、その人のかわいらしい
嫉妬や不安をわずらわしく思わないでください。

彼女があなたに、愛情のこもった嫉妬をしてきたら
あなたも愛情と真心をこめてなだめてあげて。
それが誰が見てもチャーミングな恋愛で
「本当の愛」なのですから。

長続きする恋人たちの
共通点

長続きする恋人たちに共通しているのは
連絡を取り合うことがいかに大切か
よくわかっているという点だ。

恋愛の始まりは誰もが知るように
連絡が土台になり
恋愛を続けていくのもまた
連絡の頻度であることを理解しないといけない。

連絡の頻度が落ちてきたというのは
「慣れ」を装った「おざなり」に過ぎないのだから。

いつだって
真実の心で

だから、きみとは絶対にいつまでも愛し合いたい。

いつまでもというのは
無理にでもつき合いを続けるという意味ではなく
ぼくらの姿が少しずつ変わったとしても
互いを特別に思う気持ちは変わることなく
いつも、楽しい時間を過ごせるように。

そうやってぼくらの愛がだんだん深まっていったらうれしい。
きみとぼくの愛はいつだって真実であってほしい。

本当の
愛の証し

今誰かを心から愛しているとはっきりとわかるのは
互いが交わす会話やスキンシップのシーンが
まるで映画のワンシーンみたいに感じられるとき。

ぼくを主人公にした
そしてきみを主人公にした
映画のような感覚。

ときには平凡でリアルに
ときには本当に映画みたいに
とっておきの甘い愛。

今、あなたがつき合っているその人と
ただ手をつないで歩くだけでも
この世のすべてを手に入れたような晴れ晴れした気持ちになり
自分が恋愛映画のワンシーンの中にいるように感じられたら
今、ほんとうに誰かを愛しているのに間違いありません。

もし、相手もあなたと同じように感じているとしたら
ぼくらはそれを「奇跡」あるいは「運命の人」と呼べますね。

唯一の
シーン

きみとの日々の中で

その香りと触感まで覚えている唯一のシーンなんだ。

愛情をこめて

互いを温かく抱きしめてあげたあのときが。

今も
覚えてる

いくつもの季節が通りすぎて、ぼくらがあわただしく別れた
季節がやってきた。あのときはたとえようがないほど
きみのことが憎かったけど、今は少し違う。
今思えばそうだって話。今までできみと出会ったあのときほど
ぼくが幸せそうに見えたことはないんだ。

ぼくらは本当に若かったし、つらかったとしても
それもまた一生抱えていかないとならない
きれいな思い出のひとつになるんだろう。

はじめて会ったとき、ギターのうまい人を見て
喜んでいるきみを見て以来
ギターをどんなにがんばって練習したかわからない。
きみはただギターの上手な人を見て喜んでいただけなのに
ぼくは、きみにとってのそういう人になりたかったんだ。

何日も何日も練習した曲をきみの前で弾いたとき
そんなぼくを笑いながら抱きしめてくれた
きみのあのぬくもりを今も覚えてる。
たぶん、すごく長い時間が過ぎても
あのときみたいなぬくもりには出会えないと思う。
ぼくらは本当にうまくいってた。

きみのほうはどうしてる？　さっぱりわからなくて少し残念。
あんなに行きたがっていた海外旅行には行ったのかな。
ずいぶん大変がっていたアルバイトはやめたのだろうか。
新しくいい人と出会って幸せな日々を送っているのだろうか。
なんとなくいろんなことが気になっている。

きみはぼくをすっかり忘れ
ぼんやりした過去に置いてきて
生きているかもしれないけれど
ぼくはいまだにきみのことをはっきり覚えてる。

今さらこんなことを言ってもしかたないけれど
ぼくはあのとき、きみのことを心から愛してた。
ぼくにとってはなによりも大切だった。
ありがとう、きみの温かい胸を差し出してくれて。
ありがとう、ぼくにこんなに温かな思い出を残してくれて。

　　　　　　　　　　幸せになるんだよ
　　　　　　　　きみは笑ってるときが
　　　　　　　この世で一番かわいいから。
　　　　きれいな服を着て、おいしいものを食べて
　　　おもしろいことをしながら過ごしてほしい。
　　　　　　　それから、できることなら

　　　　ときどきは、ぼくのことも思い出して。

ただお幸せに
という言葉以外には

もうきみとぼくが一緒にはいられなくなった今
これからぼくはどうすればいいのだろう。

朝起きて飲んだ水が体内をめぐって鋭いナイフになり
さえずる鳥たちの合唱が、まるでずれたハーモニーを
演奏し続けるピアノみたいだったっけ。
死ぬほど憎み合ったわけじゃなかったのに
なぜこんな別れ方しかできなかったんだろう。
少し極端じゃなかったかな。

なにかすごいことをぼくがきみに言って
きみがまたぼくのところへ戻ってこられるなら
もしそんな言葉があるのなら
なんとしてでもきみと会話できる機会をつくるのに。
ぼくにはそんなきれいな言葉を口にすることができない。

　　　　　　　　　　　「ただ、ただ
　　　　　　　お幸せにという言葉以外には
　　　　　　　　　　　なにも言えません」

もともと別れには、別れた相手も知らない
暗闇よりもさらに暗い理由があるのだから。
あえて別れの理由を探そうと苦しまずに、落ち込まずに
ただお互い、合わなかっただけだと
聞こえのいい言い訳で葬ることにしよう。

今からが別れの始まりなのに、ずいぶん自信のありそうなきみと
なんの因果か、やりきれなくてすでに疲れているぼくが
この時間と空間をそれぞれどう乗り越えていくのか見守ろう。

転がり続ける雪のかたまりみたいにふくらんでいくのは
きみへのちょっとした憎しみと、たまに感じる恋しさぐらいだけど
なにも心配しないで
遠くない過去に生きるぼくらの愛をゆっくりと消していこう。

幸せになろう。
きみのものだったぼくも、ぼくのものだったきみも。

きみの一番
大きな問題点

きみの一番大きな問題点は

人を信じすぎてしまうことと
その人にきみのすべてを見せることと
その人のちょっとした行動にも影響されることと
自分を犠牲にしてまでその人のあやまちを無理やりかばい
自分がつらい思いをしてまでその人を手放せないことだ。

人をすぐに信じて
そして傷ついて
傷つけられて
すっかりだめになってしまうこと。

それが、きみの一番大きな問題点だ。

もしかしたら別れは
愛の過程なのかも

もしかしたら別れは
愛の結果であると同時に、過程なのかもしれない。

愛しているときは知らずに満たせないでいたことが
別れてからようやくとめどなくあふれてきて

ぼくがその人を愛していた本当の理由と
その人の大切さをすべて教えてくれるから。

あのとき、
知らなかったから

もっと早くに線を引けなかったせいで
この関係で負った傷はすべて
ぼくが飲み込まなければならなかった。

いい人だと信じていた人たちが
よくよく見ると
昨日出したゴミにも満たない存在だったことを
あのときは知らなかったから。

ぼくが一番
上手なこと

癖みたいに誰かと別れ
いつもそうだったように1人で飲み込むこと。

まき散らした花びらに何日も
水をくべる愚かさ。

残念ながら、ぼくが一番上手にできること。

そ ん な 人

いつまでも憎んでいたい人がいる。

かつて終わりなどないかのように愛し合った人。
今は終わりを通りすぎ、顔を見ることすらない人。

同時に今も変わらず心に住みついている人。

ぼく1人が
愛していたんだった

全部、ぼくのせいだ。

あの意味のない愛に
漠然_{ばくぜん}とした期待をしていた

ぼくのせいだ。

心にも
ない愛

別れを告げるよりも
相手を傷つける行動は

すでに心は冷めているのにもかかわらず

まだ熱いふりをしながら
愛していると口にすることだ。

もしかしたら、
別れ

もしかしたら、ぼくらはすでに別れていたのかもしれない。

熱愛中というには
もう心は冷めきって温度を失ってしまったからだ。
向かい合うと、行き場を失った焦点だけが空間をさまよい
ぎゅっとつぐんだまま開かれることのない口は
ぼくらがじきに別れるだろうという
事実を予測するのになんの不足もなかった。

恋愛初期、毎日のようにきみと電話していた午後6時
ぼくの退勤時間。
今はそんなときがあったなんて嘘みたいに
きみのことを考えないぼくがいるだけだ。

ぼくらはなぜ、これもみな現実だとわかっているのに
どちらも先に別れを告げようとしないのだろう。
どちらか1人が心を入れ替えて関係を改善しようと
努力するかもしれないと期待しているのだろうか。
本当にわからない。
もしかしたら神さまのいたずらなのかもしれないこの状況を
いかに早く終わらせられるかだけが、最近の最大の関心ごとだ。

　　　　　　　　　　　　幸せでもないけど
　そうかといってこれといって悲しいわけでもないこのごろ。
　　　　　　　　　いつもと変わりなくきみと「おやすみ」
　　　　　　　という言葉を交わした後のむなしい深夜。

理由はわからないけれど
なぜかわかるような気もする悲しみがこみ上げる。
悲しみを洗い流すべき一番ふさわしい理由を探そうと
あれこれ探ってみたところでなんの意味もない。
どんなものにもとらわれていない
今この瞬間、ただひとつだけはっきりしていることがある。

ぼくらはもうじき別れることになるだろうし
ぼくらは別れるしかない理由を
誰よりもよく知っているということ。

<u>ありがとう</u>
<u>ぼくのすべての</u>
<u>瞬間の人</u>
고마워 , 나의 모든 순간인 사람

生きていれば、誰だって切ない恋をするものです。
ぼくたちはどんな恋愛の始まりもそうであるように、誰かに出会って、
その誰かに好感をもち、その誰かのもう少し深いところにある
また違うなにかを知りたくなって愛することのスタートラインに足を
踏み入れるのでしょう。

ぼくも、ごく普通の心と平凡な姿でこの世を生きる人間として、
本書をさまざまな思いとともに手にしたであろう読者の方々と
似たような恋をしてきました。
もちろん、他人から見れば「よくある恋」に過ぎないでしょう。
でも誰もがこう思っています。私の恋は幼い子の読むおとぎ話に負け
ないくらい美しいと。

人を愛することは、人生全体を支えてくれる大きな力にもなりえますが、
一方では、その深さを計り知れない分だけ、深い穴が隠れていて
終わりの見えない悲しみの中に自分を閉じ込めてしまうこともあります。
だから、ぼくは本書を書く前にずいぶん悩みました。

「愛を、人生をテーマにした本を書くとしたら
その雰囲気は桜が舞い散る春のようであるべきか、
枯れ葉がカサカサと音を立てる秋のようであるべきか」

愛という単語から抱くイメージをそのまま活かすのであれば、
当然前者だと思いますが、秋に似た、胸をしめつけるような別れの
瞬間ももしかしたら、愛という感情の多くを占めているピースでしょう。

数日、夜通し悩んでいると、当たり前の事実がまるで

偶然のように脳裏に浮かび上がってきました。
本の雰囲気はぼくが決めるのではないと。それぞれの事情を抱えて
この本を手に取った読者のみなさんひとりひとりがその雰囲気をつく
り出していくのだと。
ぼくはただ心の内を隠さずに、ぼくの物語を放てばいいのだと。

このページが誰かにとっては現在進行中のすべての瞬間に感謝を抱く
きっかけになったり、
誰かにとってはすでに過ぎ去ってしまった過去のすべての瞬間を思い
起こすきっかけになったり、
残念ながら、また誰かにとってはこの先いつまでも忘れられそうにな
い人を思い浮かべたりする、それぞれのストーリーの美しい最後の
ページになれたらと願っています。

そして、みなさんがすべての瞬間をともにしてきた人に感謝できたらと。
心の奥で抑えつけていた感情を解いてあげて、
すべてのシーンに素直になれたら、と思うのです。

ぼくの大人げない感情を読んでくださったことに感謝します。
執筆しているあいだも多くの存在に感謝しましたが、中でも
過去にぼくと一緒にいてくれて、現在の自分と一緒にいてくれて、
未来の自分と一緒にいてくれるであろうぼくの大切な人たちに
なによりも深い感謝を捧げます。
どうかいつまでもあふれるほどの幸せが降りそそぎますように。

そして最後に、
ありがとう、ぼくのすべての瞬間。

모든 순간이 너였다
반짝반짝 빛나던 우리의 밤을, 꿈을, 사랑을 이야기하다
하태완
ⓒ하태완, 2018

Japanese translation rights arranged with WISDOMHOUSE MEDIAGROUP INC.
through Japan UNI Agency, Inc., Tokyo

すべての瞬間が君だった
きらきら輝いていた僕たちの時間

2020 年 5 月 28 日　第 1 刷発行
2024 年10月 25 日　第38刷発行

著　者　　ハ・テワン

訳　者　　呉　永雅

発行者　　鉄尾周一

発行所　　株式会社マガジンハウス
〒 104-8003　東京都中央区銀座 3-13-10
書籍編集部　☎ 03-3545-7030
受注センター　☎ 049-275-1811

印刷・製本所　　TOPPANクロレ株式会社

ブックデザイン　清水真理子（TYPEFACE）

ⓒYoung A Oh, 2020 Printed in Japan　ISBN978-4-8387-3099-5 C0098

マガジンハウスのホームページ　https://magazineworld.jp/